绝对机密

徐全庆

百花洲文艺出版社
BAIHUAZHOU LITERATURE AND ART PRESS

图书在版编目(CIP)数据

绝对机密 / 徐全庆著. —南昌:百花洲文艺出版社, 2013.10 (2018.12 重印)
(微阅读 1 +1 工程)
ISBN 978 -7 -5500 -0797 -0

Ⅰ.①绝… Ⅱ.①徐… Ⅲ.①小小说—小说集—中国—当代 Ⅳ.①I247.8

中国版本图书馆 CIP 数据核字(2013)第 251881 号

绝对机密
徐全庆 著

出 版 人:姚雪雪
组稿编辑:陈永林
责任编辑:赵 霞 张洁琼
出 版:百花洲文艺出版社
发行单位:全国新华书店
印 刷:湖北画中画印刷有限公司
开 本:700mm ×960mm 1/16
印 张:12
版 次:2014 年 2 月第 1 版
印 次:2018 年 12 月第 3 次印刷
字 数:128 千字
书 号:ISBN 978 -7 -5500 -0797 -0
定 价:29.80 元

赣版权登字:05 -2013 -352

邮购联系:0791 -86895108
网址:http://www.bhzwy.com
图书若有印装错误,影响阅读,可向承印厂联系调换。

前　言

以“极短的篇幅包容极大的思想”，才能够以小胜大，经过读者的阅读，碰撞出思想的火花，震撼人的心灵。正因为这样，微型小说成为一种充满了幽默智慧、充满了空灵巧妙的独特文体。

如果说在二十一世纪的头一个十年，是互联网大大改变了我们的生活，那么在我们正在经历的第二个十年里，手机将更为巨大地改变我们的生活。如今，以智能手机为平台，正在构成一个巨大的阅读平台。一种新的阅读方式正不知不觉地走进大众的生活。一个新的名词就此产生，它便是“微阅读”。微阅读，是一种借短消息、网络和短文体生存的阅读方式。微阅读是阅读领域的快餐，口袋书、手机报、微博，都代表微阅读。等车时，习惯拿出手机看新闻；走路时，喜欢戴上耳机“听”小说；陪人逛街，看电子书打发等待的时间。如果有这些行为，那说明你已在不知不觉中成为“微阅读”的忠实执行者了。让我们对微型小说前景充满信心和期待的是，微型小说在微阅读的浪潮中担当着极为重要的“源头活水”。

肩负着繁荣中国微型小说创作、促进这一文体进一步健康发展的责任和使命，微型小说选刊杂志社推出了“微阅读 1 +1 工程”系列丛书。这套书由一百个当代中国微型小说作家的个人自选集组成，是微型小说选刊杂志社的一项以“打造文体，推出作家，奉献精品”为目的的微型小说重点工程。相信这套书的出版，对于促进微型小说文体的进一步推广和传播，对于激励微型小说作家的创作热情，对于微型小说这一文体与新媒体的进一步结合，将有着极为重要的作用和意义。

编者

2013 年 8 月

目　录

典　型

年终岁尾，彩虹镇党委赵书记主持召开座谈会，总结一年的成绩。赵书记要求各单位发言时不能讲空话、套话，要用具体数字和事例来说明各单位的成绩。各单位争抢着发言，好像发言慢了，成绩就变成别人的似的。

农业技术综合服务站的钱站长离话筒近，抓起话筒，开始总结起工作来。他从单位如何贯彻中央一号文件到上班签到，从防汛抗旱到发展党员，生怕漏掉一点成绩。这些工作钱站长都是泛泛而谈，他重点汇报的是农民工培训工作，这是他们可以大书特书的工作。他说："由于我们站扎扎实实开展农民工培训，很多农民从过去只会种地到有了一技之长。同时，我们还积极引导广大农民外出务工，取得较为明显的效益。例如石虹村的石老三，去年还穷得要饭，今年通过我们的技术培训和引导，他女儿石翠花外出打工，挣了一大笔钱，他们家盖起了二层小楼。"

赵书记打断钱站长的话说："石老三的名字我有点耳熟，他是什么人?"

镇党政办公室主任孙主任忙说："赵书记，今年年初你下基层调研，车过石虹村时陷进洼坑，是要饭回来的石老三喊了几个村民把车抬出来的。当时，你看了石虹村的落后面貌，十分痛心，还表态说要尽快想办法改变石虹村的落后面貌呢。"

赵书记显出恍然大悟的样子，说："想起来了，是有这回事。我记得当时石老三他们家住的还是两间草房，一年时间就盖起了小楼，了不起。"转过头又对钱站长说："石老三脱贫致富是党委、政府正确领导的结果，你们农业技术综合服务站的工作也很出色，卓有成效，应该予以

奖励。”

赵书记话刚落，团委的孙书记就抢着说：“赵书记，说起这个石老三致富，我们团委的成绩很大。今年，我们在加强对广大青年朋友的政治教育的同时，重点教育青年朋友转变观念，大胆创业。可以说，没有我们团委的思想教育工作，石老三的女儿石翠花也不会出去打工，他们家也不可能盖起二层楼房。”

赵书记点了点头。

妇联的李主席忙打断孙书记的话说：“赵书记，石老三家能够快速致富，我们妇联的成绩可是有目共睹的。今年我们一方面继续积极维护妇女儿童合法权益，另一方面号召广大妇女同志尤其是青年妇女，解放思想，转变观念，积极投身经济建设大潮之中，勇做时代的弄潮儿。应该说，石翠花能够义无反顾地外出创业，与我们妇联的工作是分不开的。”

“嗯，今年妇联工作成绩很大，这一点镇党委、政府也是充分肯定的。”赵书记说。

中心学校的周校长说：“在这个问题上，我们中心学校也做了很多工作。今年我们中心学校不仅重视抓好全镇中小学的教学问题，而且还多次组织教师深入田间地头，对农民朋友进行思想教育。这次石老三能够转变观念，动员女儿外出打工，就与我们中心学校的教育分不开。”

“中心学校的成绩不小，也应该表扬。”赵书记说。

接着，很多单位都纷纷发言，说他们在石老三致富中发挥的作用。宣传部门说是他们宣传党的政策和致富带头人经验起到的效果；组织部门说是基层党组织建设发挥了作用，他们还准备把石翠花培养成党员呢；计生部门说是他们号召广大群众晚婚晚育、先立业后成家的结果……

听了大家的汇报，赵书记说：“今年，各单位都能够认真按照镇党委、政府的要求，创造性地开展工作，取得了丰硕的成果。对石翠花这个典型，镇党政办公室要认真总结，在全镇广泛宣传，号召广大群众向石翠花学习。镇党政办公室的力量要是不够，可以请县委办公室的秘书帮忙，争取把这个典型在全县乃至全市推开……”

赵书记的话还没说完，派出所的吴所长接了个电话，慌忙说：“赵书记，请等一下。”

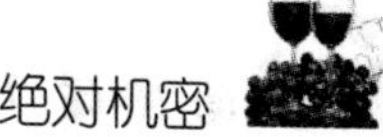

赵书记不满地白了吴所长一眼，说：“有什么事不能等到我把话讲完?”

吴所长说：“是这样，赵书记，我刚刚接到派出所的电话，说石老三的女儿石翠花卖淫时被抓了。据她交代，今年她一直在外地做小姐，她家盖楼房的钱就是她做小姐挣的。”

重大案件

徐卫东急匆匆来到派出所，派出所里静悄悄的，只有一个警察在电脑上下棋，旁边的电视上正在播放《神探狄仁杰》。徐卫东凑上去，说：“同志……”

警察撩起眼皮扫了徐卫东一眼，问：“什么事?”说完眼睛又盯着电脑。

徐卫东慌忙递上一支烟，说：“我来报案。”

警察并不接他的烟，任他把烟放在桌子上，说：“回去写一份书面报案材料再来。”

徐卫东犹犹豫豫地还想说什么，但看那警察又专心致志地下起了棋，只好回去写了份书面报案材料。

再到派出所时，那个警察正在电脑上听音乐。徐卫东把材料递上去，警察接过来，翻了一下，说：“写这么多，你简单说一下吧。”

徐卫东答应了一声，就说：“今天上午，我们家没有人，家里进了小偷，屋里翻得乱七八糟的，偷了三千多块钱的现金，还有一条项链。”

“好了，我知道了，材料放这里吧，你可以回去了。”警察说。

“可以回去了?”徐卫东瞪大眼睛吃惊地望着那个警察，问：“你们不到我家去看看吗?”

“我们这里发生了一起重大案件，大家都去办案去了，只留我一个人在家值班。你还是先回去吧，等有人时再说。”警察说。

第二天，徐卫东又来到派出所。派出所里还是只有那个警察。徐卫东问：“你们啥时候才能有时间到我家去一趟呀，昨天我们全家都没敢进屋，生怕破坏了作案现场，影响你们破案。”

“我们这儿的重大案件还没有破，哪有时间去管你那点小事？”警察不耐烦地说。

“那你们下班后去一趟行吗？”徐卫东哀求道。

“下班？我们警察办起案子来，经常几天几夜不回家，哪还有什么下班不下班。你以为我们警察都像你似的，成天没事干？”警察斜了徐卫东一眼，说。

这时，又来了一个人。那人一见警察就嚷嚷道：“警察同志，快去抓坏人。上次我在路上捡了一个包，没想到是人家设好的圈套，被两个家伙骗去了两万块钱。刚才我又见到他们俩了，他们正在用同样的方法骗别人呢。你快去抓他们呀。”

警察冲那人吼道：“你嚷嚷什么呀？有本事别在这里嚷嚷，自己去抓人呀。告诉你，我们这儿发生了一起重大案件，所有干警都在全力以赴办那个案子呢，哪有时间管你这样的小案子？你先回去写个书面材料，等我们有时间再说。”

第三天，徐卫东又一次来到派出所，还是那个警察在值班。警察一见到徐卫东就训斥道：“你怎么又来了？我们的重大案件的侦破工作正处在关键阶段，你怎么老给我们添乱？”

徐卫东讪讪地笑了笑，说：“我不是来添乱的，我这次也不是为我自己的事来的。我刚才从旁边路过，一个骑自行车的人撞了一个人，被撞的那人讲了他两句，他就掏出刀，捅了那人两刀。你赶紧去看看，那人还在那儿躺着呢，流了很多血。”

“你打110呀，找我们派出所干什么？我们正全力以赴办大案呢，哪有时间管这些小事？”警察眼睛盯着天空说。

这时，警察桌子上的电话响了。警察抓起电话，立刻并拢了双腿，矮下身去，媚笑着说：“李局长，您好。我们所长正带着全体干警抓紧寻找呢。你放心吧，我们所长说了，您的宠物犬是在我们辖区被狗咬的，我们就是掘地三尺，也一定会把那条肇事狗找出来交给您处置。”

帽　子

安德平每天都戴着帽子，无论春夏秋冬，从没有一天不戴帽子。

安德平小的时候，冬天特别冷，条件稍微好一点的家庭，都给孩子买帽子。家庭条件越好，帽子也越好。帽子成了家庭贫富的标志，也成了地位的象征。那时，安德平家里很穷，根本买不起帽子。对那些有帽子戴的人，安德平心里特别羡慕，总盼望着什么时候自己也有一顶帽子。有一次，安德平跟着妈妈去赶集，在路上拾到一顶帽子，破得已经不成样子了。安德平仍然高兴得像过年似的，让妈妈洗净了，补了补，戴在头上。安德平从此有了人生第一顶帽子。这帽子虽然有些寒碜，但却也让安德平在那些没帽子戴的人面前昂起了头。

上学的时候，安德平班里有个同学，家庭条件非常好，几顶帽子轮换着戴。那几顶帽子都非常好看，对安德平有着极大的诱惑力。安德平就跟屁虫似的整天跟在那同学后面，帮他抄作业，替他打扫卫生。那同学与别的同学闹矛盾时，安德平不管青红皂白，冲上前就帮着那同学与别的同学理论、争吵，甚至打架。他所有的努力终于没有白费，那同学把其中的一顶帽子给了他。戴上那向往已久的帽子，安德平在其他同学面前把腰板挺得直直的。

工作以后，安德平对帽子的热情更加高涨起来。凡是有帽子的人，安德平都想方设法与他们拉关系、套近乎。为了能与那些人搞好关系，安德平可以说是不择手段。后来，他甚至拉着妻子帮他跑关系。他的努力很快就见到了成效，那些人都对他另眼相看，给了他不少好处。后来，有一个人还给了他一顶帽子，一顶带红顶的帽子。安德平感激涕零，顿时恭恭敬敬地跪在地上磕了三个响头。然后，安德平把那顶帽子抚摸了

良久，恭恭敬敬地戴在了头上。安德平就在单位趾高气扬起来，动不动就给人脸子看。单位那些人，表面上对他恭恭敬敬的，转过脸就对他指指点点，因为大家看得清清楚楚，他那红顶帽子里面，还有一顶绿帽子。

安德平后来又换过几回帽子，帽子越换越高级。对每一顶帽子，安德平都小心地呵护着，不许别人碰一下。

有一天，一群上访的来找安德平，安德平躲了半天没躲掉，被上访群众围了起来。话不投机，双方很快争吵起来。争吵中，其中一人无意中碰了一下安德平的帽子，那帽子就被碰落了。虽然安德平迅速拾起来戴在头上，但在那一瞬间，大家发现，安德平的脑袋竟然是尖的。

那以后不久，安德平就引起了有关部门的注意，结果就坐了牢。监牢里，每个人都剃着光头，也没有帽子戴。很多时候，安德平都会望着监狱外面的阳光，抚摸着自己光秃秃的脑袋，叹道：帽子啊，帽子。

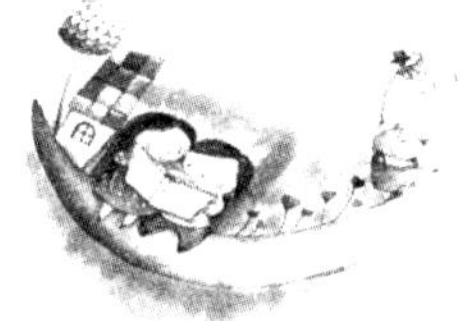

我见到县长了

1958年5月5日　晴

正准备吃中午饭，一个中年人来到我家。那人着装很像我们学校的老师，不过一身都是泥土，又像是才从地里干完活回来的爷爷。那人冲爷爷笑笑说："老大爷，还没吃饭呢。我想在你这儿吃顿饭行吗?"看到爷爷犹豫了一下，那人赶紧说："我是县里的农业技术员，下来看看庄稼。"爷爷立刻说："是技术员啊，快请坐。"说着，递给那人一个小凳子，又让奶奶看看还有没有好面，给那人下碗面条。那人连说："不用，你们吃啥我吃啥。"说着自己起身盛了饭，蹲在爷爷对面，一边吃饭一边和爷爷聊天。我很想听那人讲一些县里的新鲜事，可他和爷爷谈的都是怎样让庄稼丰收、让农民富裕的事。

那人离开的时候，紧紧握住爷爷的手说："谢谢你教给我这么多东西。"他还掏出一些钱塞到爷爷手里，说是饭钱。爷爷不收，那人就把钱硬塞在我的手里。

晚上，我们才知道，那人是县长。天哪，我居然见到了县长，我还收了县长的钱!

1987年3月4日　多云

天刚亮，大队书记周天祥就跑到我家，说现在全省都在开展领导干部与普通群众同吃同住同劳动活动，今天，县长就要到我家来劳动，还

要吃睡在我家，让我好好准备一下。我们全家把卫生仔细打扫了一遍，又腾出一间房来，借了两床新被子。周天祥像是自言自语："给县长留点什么活呢?"我说："地里活多呢，到时他愿意干什么就让他干什么呗。"周天祥一瞪眼说："你存心出县长的洋相是不是?县长又不会干农活。"周天祥想了好一会儿又说："你地头去年不是新栽了几棵小矮树吗，干脆，你让县长给树剪枝算了。"我问周天祥晚上做什么给县长吃，他说什么都不要准备，镇里已经安排好了，从镇上饭店里请了个厨师来做饭，菜由他们来买。

天快黑的时候，县长来了，陪同他的有镇里的领导，还有周天祥。县长很亲切地拍了拍我的肩膀，说："这次下基层与群众同吃同住同劳动，一是体验一下基层群众的生活，二是向基层学习，你可要利用这个机会好好教教我呀。"然后县长就在我的指导下给两棵小树剪了枝。

吃饭时间到了，我把厨师做的饭一样一样往上端，当端到第四个菜时，县长说："你们平时吃什么就做什么，可不能因为我多做菜，做好菜。"我说没有，我们平时就吃这些。县长又亲切地拍了拍我的肩膀说："现在大家的日子好了，这都是党的政策好呀，你们要感谢党呀。"

晚上，我很想和县长聊一聊，就像当年爷爷一样。可惜没能，他只是摸了摸给他准备的床，说还要开一个什么会，就走了。

2005年1月12日　雨

又快过年了，我们的征地款还是没影，村民们让我带领大家去找县长讨个说法。我让大家分散进了县城，在离县政府不远处才集合。我们冲破保卫科和信访局的重重阻拦，终于到了县长工作的三楼。我刚看见县长室的牌子，那门就啪地关上了。我上前敲门，一个自称办公室副主任的慌慌张张地跑过来，说县长正在接待一个外商，让我们在会议室稍等一会，他马上就来接待我们。村民们吵吵嚷嚷的不肯进会议室，那个副主任拍着胸脯保证说，一定要让我们见到县长。于是大家都进了会议室。

这时，我突然想上厕所，刚出门，就见一个肥胖的屁股一颠一颠地从另一头的楼梯逃下去了。我连忙跑到县长的办公室门前，使劲地敲门，可里面什么声音都没有。

我质问那个副主任是怎么回事，他说县长要到市里参加一个紧急会议，今天没时间接待我们了。大家说见不到县长就不走了。那个副主任盯着我们说："你们集体越级上访，还在这里大吵大闹，扰乱办公秩序，这里违法的，你们知道吗?"我们不理他，决心在那里等，一直等到县长再出现为止。

但我们没有能等到县长，我们被一队公安人员赶出了县政府大楼。

雨水落在我的脸上，和着泪水往下淌。我对村民说我对不起大家，带着大家冒雨赶来，却只见到县长的一个背影。村民们说这算不错的了，以前他们来过几次，连大门都进不来呢。

去了一趟公安局

刘副处长快要到单位办公大楼的时候，恰好看到从里面出来三个人，其中两个是公安，一个是王处长。两个公安一前一后，王处长走在他们中间，一脸的严肃。

王处长怎么和公安在一起，莫非出了什么事？刘副处长想。刘副处长往一边躲了躲，等王处长他们走过去，才匆匆进了办公楼。他像往常一样，若无其事地坐在办公室里看报纸。但他什么都看不进去，满脑子都是王处长和两个公安在一起的情形。从王处长满脸严肃的表情看，王处长应该是出事了。刘副处长这样想，但他又不能确定。怎么能尽快确定王处长是不是出事了呢？这让他十分苦恼。这种事总不能随随便便地去问别人。刘副处长经过反复考虑，终于决定，借口向王处长请示工作，打王处长的手机看看。如果王处长真的出事了，那他的手机一定在公安手里，不开机。想到这里，刘副处长就随便找了个借口，拨打王处长的手机，王处长的手机果然关机。这让刘副处长一阵激动，看来自己的判断不错，王处长果然出事了。

这时，办公室的小赵恰好有一件事要向王处长汇报，就问刘副处长知不知道王处长到哪儿去了。小赵是刘副处长一手培养起来的，自然也是他刘副处长的人。刘副处长就叫小赵去问一下其他同志和几位局长，看有没有人知道王处长干什么去了。小赵问了一圈，很快就回来了，对刘副处长说，大家都不知道王处长哪儿去了。刘副处长心中一阵惊喜，对小赵说：“这样看来，王处长很可能出事了。”

“王处长出事了？”小赵显得十分吃惊，“你怎么知道的呢？”刘副处长就把早晨见到王处长的情景和自己的判断说了出来，说得小赵连连

点头。

小赵出去没多久，刘副处长去上厕所，经过一间办公室门口时，听到里面正在议论王处长的事，于是就停下来听。只听一个人问：“王处长会犯什么事呢?”“一定是贪污受贿，”一个人说，“你想，他当了那么多年处长，一定捞了不少东西。上次我到他办公室给他送文件，恰好见到有人给他送一封信，现在想想，那信封里装的一定是钱。”“我看一定是栽在女人身上了。”又一个人说。“不会吧，王处长平时好像对女人不感兴趣呀?”“天下哪有不吃鱼的猫，那不过是装出来的样子罢了。有一次，有一个年轻漂亮的女人到他办公室里找他有事，你看握住那女人手的样子，很长时间都不舍得松开。他一定是玩女人玩出了问题，说不定就是和上次那女人出的问题。”“那也不一定，前几天东城河不是发现一起碎尸案到现在还没破吗，兴许王处长和这有关呢?”“不可能吧，王处长平时和蔼着呢，怎么会做出那么残忍的事情来?”“和蔼?不见得吧。有一次我看他教训他儿子，一巴掌下去，他儿子脸上立刻出现五个血手印，狠着哪。”

刘副处长越听越高兴，激动得厕所都忘了上了。他想，既然王处长出了事，那么自己得赶紧活动活动了，自己熬了几年的副处长也该扶正了。想到这里，刘副处长连忙去找和自己关系比较密切的李副局长。刘副处长向李副局长汇报了一些无关紧要的工作后，说：“李局长，王处长这一出事，我们处里的工作总要有个人先管起来吧，你看……”

“什么?王处长出事了?”李副局长十分吃惊地问。

“怎么，你还不知道?王处长早晨上班的时候被公安局的人带走了，现在大家到处都在议论这件事呢。”刘副处长说。

“这事可不能瞎传，一定要弄清楚了再说。”李副局长说。

弄清楚了，那还不容易，刘副处长想起公安局有他一个熟人，可惜不知道他的电话，刘副处长决定亲自去一趟问问情况。这时下班时间快到了，刘副处长就赶紧去了公安局。到了公安局，还没见到熟人，却先看到了王处长和那两个公安。刘副处长急忙躲在一边，就听其中一个公安人员对王处长说：“王处长，今天太感谢你了，要不是你出面，这事怎么也不会这么顺利，今天中午，我们可要好好敬你两杯酒。”原来是这么

回事，刘副处长心中一阵懊恼，李副局长那儿可怎么交代呀？

下午，刘副处长因为有事，上班晚到了将近一个小时。他看了下王处长的办公室，门没开，看来王处长中午一定喝多了，没来上班。在返回自己办公室的路上，刘副处长突然听到一个办公室正议论他："你听说了吗，王处长的案子把刘副处长也牵涉进去了。""消息可靠吗？""绝对可靠，上午小赵下班时经过公安局，正好看见刘副处长去公安局交代问题。"

国王的汽车

一天，国王突然说准备到S州的一个小镇M镇去看一下。这可急坏了建设部的头头脑脑，因为从京城到M镇根本没有一条像样的路。怎么办呢，建设部的头头脑脑们经过紧急会议研究，决定立即从国外聘请最好的道路设计专家，用国内最好的建筑队伍，在最短时间内建设一条直达M镇的高速公路。

道路很快修建好了。建设部长汤姆立刻向国王进行了汇报，请示国王什么时候到M镇去。“我说过要到M镇吗?”国王奇怪地望着汤姆，转瞬又说，“噢，对，我想起来了，我曾经想去M镇，可现在不想去了。不过道路既然修好了，我去试试我新造的汽车。”

国王喜欢自己制作一些东西，这次居然自己制造汽车，真让人吃惊。

在新建的高速公路上，国王的汽车没跑几分钟就停了下来。国王生气地问道：“你们修的什么道路，怎么坑坑洼洼的，一点也不平?”汤姆部长吓坏了，连忙说：“是我该死，是我失职，回去我们一定认真调查，严肃处理。”

建设部立即成立了调查组，对道路设计、施工全过程进行认真调查，结果却没发现任何问题。调查组又对路面进行了考察，也没发现任何问题。调查组将调查结果秘密向汤姆部长进行了汇报，汤姆部长十分奇怪，国王为什么说道路坑坑洼洼呢?汤姆部长又亲自带领建设部的大小官员，对路面进行了全面考察，奇怪，道路一点毛病都没有。那毛病出在哪儿呢?

问题肯定出在国王那儿，大家心里都这样想，但没有一个人这样说。“问题肯定出在我们的道路上，只是我们还没发现，而国王高瞻远瞩，明

察秋毫，发现了问题所在。”建设部的官员经过反复讨论，最后形成这样的共识。

一天，上班路上，汤姆部长听到两个农民在聊天，其中一个对另一个说：“哎，你注意到了没有，国王的汽车的轮子居然是椭圆的?”汤姆部长心中猛地一动。到了单位，他立即叫人带上照相机、录像机，跟他一起对国王的汽车进行全面考察。一点不错，国王的汽车轮子是椭圆的。汤姆部长叫人摄了影、录了像，又叫人如实把国王汽车轮子的形状画了下来。

回到单位，汤姆部长立即召开了会议，大家根据新调查了解到的情况，进行认真讨论，最后一致决定，按照国王汽车轮子的特点，重修这条路。

道路很快修好了，波浪形的，有规律的一高一低。

汤姆部长请国王重新检阅那条路。国王开着汽车在路上跑了很长一段时间，高兴地说：“很好，很好，这是我见过的最平坦的一条道路了。”国王一高兴就提拔了汤姆部长。

不久，全国的道路就都成了波浪形的了。

红绿灯

星期一上午一上班，河水县县委书记何立业就带着县委、县人大、县政府、县政协四套班子负责人和县公安局、建设局、交通局等有关单位一把手来到大街上，他要现场解决河水县县城的红绿灯问题。

何书记这样重视红绿灯问题，是缘于两天前市委书记来调研时讲的一番话。市委书记刚调来没几天，在河水县调研之后，他说了这样一番话："来河水县调研，我感触最深的就是，整个县城居然只有一个红绿灯。其他什么都不要再说了，仅此一点，就可以说明我们有多么落后。"

大街上，何书记发表了一通充满激情的演说，最后，他说："改变河水的落后面貌，就从红绿灯抓起。"

何书记说完，就带着众人在县城内转了一圈，看看哪些地方可以增设红绿灯。可是走了一圈，只见到一个十字路口，就是那个有红绿灯的路口，县城内仅有的两条主干道的交汇处。另外还有两个三岔路口，因为岔路较窄，几乎没有什么车辆，暂时没有安装红绿灯的必要。

何书记看完，脸上蒙上了一层冰霜，他环视了一下众人说："大家议一议，看哪些地方可以增设红绿灯?"大家一阵沉默。何书记又扫了众人一眼，说："大家要积极发言。"

有人说，那两个三岔路口勉强可以安装红绿灯。何书记点了点头，脸上略略有了点笑意。

有人带了头，大家的发言就积极起来。有人提出，在一中门口可以设个红绿灯。这话刚一出口，就引来一阵附和声，大家说，对，对，为了学生的安全，应该。又有提出在县委门口设个红绿灯，也得到大家的普遍赞同。有人就接着说，既然县委门口都设红绿灯了，干脆在县委招

待所门口也设个红绿灯。有人反对说，那地方没有岔路，县委招待所也不是什么重要单位，在那里设红绿灯怕不合适吧。何书记就说："县委招待所里面有个停车场，经常有车辆出入，在那里增设一个红绿灯也是说得过去的。"于是大家一致同意。

大家议了半天，实在找不到新的可以安装红绿灯的地方了。最后现场办公会议形成了这样一个决议：县公安局、建设局等单位要把增设红绿灯工作作为今年的一项重任务，摆上十分重要的位置，确保年底前县城内有十处以上的红绿灯；今后城区发展要首先考虑红绿灯的设置，让红绿灯成为河水经济发展的标志。

年底，何书记在市委召开的汇报会上说："在市委、市政府的正确领导下，一年来，全县人民顽强拼搏、奋力开拓，全县经济社会取得了长足发展。一个显著的标志就是，一年前，全县只有一处红绿灯，目前已超过了十个。明年，我们将再接再厉，使河水县城的红绿灯再上一个新台阶。"何书记的发言赢得了一阵热烈的掌声，也得到市委领导的充分肯定。

乾隆暗杀恶知县

乾隆微服下江南，这一天来到江南柳溪县。一路上，就听当地老百姓对柳溪县知县十分不满。乾隆一打听，原来，这知县十分贪财，经常横征暴敛，鱼肉百姓，当地百姓怨声载道。乾隆一听，十分恼怒，立即叫人把知县就地正法了。

知县被处死，老百姓欢呼雀跃，乾隆也十分高兴。可到底派谁做新的知县呢，乾隆一时拿不定主意。跟随乾隆私访的随从就说："一个小小的知县，万岁爷何必亲自操心，叫地方推荐就行了。"乾隆一想也是，就不再考虑这事，继续到处游玩。

玩着玩着，乾隆就来到了一座夫子庙前。夫子庙里供奉的是孔子，乾隆想，我得进去看看，拜祭一下孔圣人。于是就带着随从进了夫子庙。

却说当地有一个无赖叫李三，一天到晚游手好闲，好吃懒做，三十多岁了也没娶上媳妇，整天到处蹭饭吃。这一天，李三肚子饿了，就到夫子庙里看能不能找到点吃的东西。恰好供桌上有两个水果，李三抓起一个就吃，另一个却被他碰落在地，滚到供桌下面去了。李三吃完了手里的水果，就趴在地上找另一个水果。

李三双膝跪倒，双手掌心贴地，把脸贴在地上找水果，那情形很像是在虔诚的跪拜。恰在这时，乾隆进了夫子庙，以为李三是在拜祭孔圣人。李三听到有人进了夫子庙，于是站起来回头看了乾隆等人一眼。乾隆一看，李三不像是个读书人，心中有些奇怪，于是问道："我看你也不像是读书人，怎么拜祭起孔圣人却是如此虔诚?"若在平时，李三早就骂上了，但今天他看乾隆不太像是普通人，不敢太造次，于是瞎侃道："我才不拜什么孔圣人呢，我是在拜当今的皇上。"

乾隆听了，眉头一展，不由得开心地笑了，然后又问道："这庙里又没有皇上，你怎么在这里拜皇上呢?”

李三心里说，真是一个大傻瓜，连这也相信，干脆我再逗他们玩一下，于是他说：“皇上虽然不在这庙里，但皇上在我心里。”

乾隆一听，龙颜大悦，当即封李三当了柳溪县知县。李三做梦也没想到自己能当上知县，乐得简直要疯了。

从此，李三每天花天酒地，胡吃海喝，没钱花了就到下面去搜刮。李三喜欢女人，见了漂亮的女人就抢，一个都不肯放过。不仅如此，李三还任意妄为，无法无天，想干什么就干什么，老百姓到县衙打官司，李三根本就不问案情，看谁顺眼就判谁赢，若是不服，就大刑侍候。老百姓对李三恨之入骨，恨不能生吃李三的肉。

地方和朝廷的官员们对李三的所作所为十分清楚，但因为李三是乾隆钦点的知县，没有人敢把他怎么样，甚至也不敢把李三的种种劣迹告诉乾隆。但也有一些比较正直的官员给乾隆上奏折弹劾李三。但乾隆并没太在意，他想，哪个官员没有毛病呀，能找到这样忠于我的人也不容易。这样一想，乾隆就把弹劾李三的奏折都压了下来，没有处理。这奏折一压，大臣们就知道乾隆是怎么想的了，虽然弹劾李三的奏折并没有因此杜绝，但较之以前已大为减少，甚至有人替李三说起了好话。乾隆想，看来自己真的用对人了。

没过多久，乾隆再下江南，恰好又路过柳溪县。乾隆再次微服进行私访，想看一看李三把柳溪县治理得怎么样。但一进柳溪县，就见哀鸿遍野，民不聊生。提起李三，老百姓骂不绝口。乾隆一打听，老百姓说了很多李三所做的坏事。乾隆这才知道李三是他听说过的最可恶的知县，于是决心杀掉李三。但乾隆想，这李三是自己钦点的知县，当时回到京城后还对满朝文武大臣说过这李三如何好，如何忠心，现在如果把李三的罪状公之于众，那岂不是打自己的脸吗？乾隆这样一想，觉得李三的事还不能让大家知道。于是，乾隆就派了个身手很好的侍卫，偷偷地把李三杀了。乾隆又密令当地知府，上报朝廷时就说李三是被强盗杀害的。

乾隆回到朝中，当众宣读了地方官员上报来的奏折，说：“李三因公被害，应予厚葬。柳溪县盗贼横行，应派兵绞杀。”于是就隆重厚葬了李三，又派兵到柳溪县去剿匪。派去剿匪的士兵们抓不到盗匪，只好杀了一些老百姓回来交差。

绝对机密

会议正在进行，牛县长手机铃声响了。

每次上级来人检查工作，检查结束后，牛县长都要召开一次总结会，对整个迎检工作进行总结，好的给予表扬，差的提出批评。这次也不例外，黄副市长调研刚走，牛县长立刻召开了总结会。

手机响的时候牛县长正在讲话。牛县长讲话的时候不喜欢别人打扰，他就任手机嘶喊着刺耳的声音，继续讲他的要求。但那手机铃声持续不停地响，似乎与牛县长作对似的。牛县长就不悦地扫了手机一眼。这一扫，牛县长的脸上就变了颜色，因为他发现那个电话是黄副市长打来的。牛县长立刻坐正了身体，接通电话，说：“黄市长，对不起，我接电话晚了。”

黄副市长说：“我去你们那儿调研时，有个笔记本——粉红色的——弄丢了，你帮我找一下吧。找到后直接送过来，不要让任何人看里面的内容。”

“是，”牛县长说，“我立刻安排，保证完成任务。”

挂上电话，牛县长说：“总结的事以后再说，现在有一个紧急的重要任务，黄市长来调研时，把一个粉红色笔记本弄丢了，现在我们要立刻把这本笔记本找到。”

一个同志就说：“黄市长来时用的好像是一个黑色的笔记本。”

牛县长就瞪了那人一眼，说：“你们呀，就是观察不细。黄市长用的是黑色的笔记本，可他在大龙集团会议室听汇报时，中间就曾拿出一个粉红色的笔记本，而且还在上面写了一些东西。这个粉红色的笔记本黄市长极少用，上面应该都是机密。现在大家立刻打电话给单位，看看黄

市长的笔记丢哪儿了？”

大家开始打电话。牛县长想了想，指了一下大龙集团的李总，说：“你那儿是重点，一定要认真查找。”然后，他又转向祥瑞宾馆的肖总，说：“你那儿也是重点，黄市长就住在你们那儿，东西丢在那儿的可能性很大。你们要把黄市长一行住过的房间，不，整个楼层都认真查找一遍。”

时间慢慢流逝，一个个电话也回了过来。没有，没有。

牛县长的脸色变得难看起来，冲着大家吼道：“没有，没有，你们就知道说没有，该找的地方是不是都找了？该问的人是不是都问了？我看不是没有，是你们的工作没做细。现在，大家把所有工作都停下来，全力以赴去找那个笔记本。各单位一定要细细地找，不能放过一丝一毫的地方。祥瑞宾馆不能光找黄市长住的那一个楼层，整个宾馆都要查找，所有工作人员都要问一遍。县政府办公室去把黄市长经过路段都查找一下，看看那个笔记本是否丢在了路上。每一个地方都不能放过，哪怕是树上的老鸹窝里，也要上去人看看有没有。不论是谁，找到后要立即通知我。还要强调一条纪律，任何人不得打开黄市长的笔记本看，以防泄密。”

牛县长发完火，大家一个个匆匆离开了。

牛县长在办公室里烦躁地踱来踱去，不时让县政府办公室催要查找结果。两个小时过去了，反馈回来的结果都是没找到。牛县长怒吼道：“通知各单位，凡是当时在场的人都要去找，找不到不准回家。再找不到，就让公安部门协助查找。”

终于，大龙集团传来消息，笔记本找到了。原来，黄市长把笔记本忘在了大龙集团会议室。负责打扫会议室卫生的工人恰好带了孩子去上班，小孩子看到那个笔记本后，很喜欢，就带回家去了。

牛县长一听，就对大龙集团李总吼道：“我早就说过东西就丢在你们那儿了，可你们却现在才找到，你知道耽误了多少时间？万一笔记本中的机密外泄了，我们谁能担起这个责任？你现在立即把笔记本送过来，要亲自送。那个打扫卫生的工人也太不像话了，他不带小孩去上班能惹出这么大的祸吗？这个人要立即辞掉。”

挂上电话，牛县长又拨通公安局长的电话，简单通报了一下情况，说：“你派几个精干的同志立即赶到大龙集团，问清楚到底有没有人看到笔记本里的内容。”

笔记本很快送来了，那个笔记本有密码锁，锁着。牛县长就长舒了一口气。很快，公安人员的调查结果也反馈过来，那本笔记从丢失到送回来一直锁着，没有打开过。牛县长的脸上终于露出了些许笑容。

牛县长往椅子一靠，伸了个懒腰，打了个哈欠，然后让人把笔记本用绝密档案袋装好，连夜送给黄副市长。黄副市长打开笔记本，于是看到了他给情人写的那首没写完的诗，脸上不由露出了笑容。

有人站在院门口

天已经全黑了，星星也躲在云中不肯出来，夜于是显得更加黑了。林非走在回家的路上，心神不宁。左眼跳财，右眼跳灾，林非的右眼一路上跳个不停，莫非真的要出什么事了？下午，办公室里平时爱研究周易的小王就半开玩笑地对林非说："你今天印堂发暗，面目无光，看样子要有什么灾事呀。"林非当时并没有太往心里去，可现在右眼老是跳个不停，这让林非不由得心里直犯嘀咕。

快到家时，林非不由得吓了一跳，他发现自己家的院门口外面的松树下站着两个人。林非连忙躲在一棵树后仔细观察，那两个人都是年轻人，正鬼鬼祟祟地四处张望，看样子在等人。林非住的这一片都是小别墅式的二层楼房建筑，每一户都是独门独院。这两个人就站在自己的院门口，那一定是在等自己，林非想。对门的院子里不时有人进进出出，每次有人进出，那两个人都赶紧躲在林非家门口那棵松树后面，生怕被别人看到，这让林非更加确定了自己的判断。

确定了这一点，林非更加心惊胆战。再看那两个人，影影绰绰的看不清楚，依稀中，林非总觉得他们面目狰狞。林非赶紧给妻子打电话，叫她带着孩子先回一趟娘家，没有自己的电话，千万不要回来。妻子觉得奇怪，问他为什么，林非生怕妻子担心，就说："你别问了，总之没有我的电话千万别回来，以后我再和你说为什么。"林非说完赶紧挂了电话，自己也远远地躲开了。

远远地躲在一边，林非就想，这两个人是谁派来找自己的事的呢？林非觉得自己平时胆小怕事，谨小慎微，应该没得罪什么人。莫非是小王，他下午的话就是一种警告，自己没听出来？可自己没有得罪他呀，难道是因为前天我端水时碰了他一下，洒了他一身水？或者是小赵？两周前的一天，他有事上班晚了一会儿，让我把一份文件替他交给主任，结果自己给忘了。再或者是刘主任？一个多月前的一天，刘主任有事喊我，我正在看报纸，没有听见，直到刘主任喊了三次才听到，当时刘主任的脸色非常难看。林非想来想去，觉得为这一点小事，他们该不会下这么狠的黑手吧？

于是林非又往前想，突然，他心里一惊，终于想起来自己到底得罪谁了。那是三个多月前的事了。那天，林非挤上了一辆公交车，无意间踩到了一个人的脚，林非连忙说："对不起，对不起。"那人回头瞪了林非一眼，没有说话。过了一会儿，林非突然看见那人的手正往前面一位女同志的背包里插，天哪，原来那人是小偷。林非吓坏了，就想把脸扭向一边。可就在这时，林非的喉咙发痒，忍不住咳嗽了一声。正是那一声咳嗽，引起了前面那位女同志的注意，她忙把包挪到了胸前，同时感激地望了林非一眼。那小偷在车到站时悻悻地下了车，经过林非时恶狠狠地瞪了林非一眼，小声地说了句："多管闲事，小心让你过不去年。"那小偷说让自己过不去年，现在离春节不到一个星期，看来一定是那小偷找来的同伙报复自己的。林非这一想，吓得几乎要瘫倒在地上。

过了很长时间，林非总算镇静了点，又悄悄地回来观察，那两个人还在。林非于是拨打了110。

没多久，110到了。林非就把那两个人指给警察看。警察问那两个人在这儿干什么。两个人指着林非对门的一家人说："我们在等着给李局长拜年呢。"说着就指了指身旁放着的两个礼品盒给警察看。

"那你们怎么在这里呆了一两个小时也不进去？"警察又问。

"给李局长拜年的人一直不断，我们还没等到机会呢。"那两个人说。

真话·假话

在单位，胡局长说什么，大家就附和着说什么，胡局长做什么，大家就都跟风似的做什么。这让胡局长感到很惬意。但时间久了，胡局长总感到有些人并没有对自己说真心话，而是在敷衍应付自己，而究竟是谁他又说不清。这让他很苦恼。

一天，胡局长到外地出差，在逛商店时无意中发现商店里卖的东西竟有真话仪、假话仪。胡局长指着真话仪问营业员这东西怎么用。营业员告诉他，这种仪器共有一个主机和几十个吸盘，用的时候，只要把主机打开，把一个吸盘吸在椅子下面，坐在椅子上的人就会不由自主地把真话说出来。胡局长就买了一台。

营业员说，为了保证售后服务质量，搞好售后服务，请您把您的通讯地址和联系电话留下好吗？胡局长就留下了地址和联系电话，拎着真话仪离开了。

胡局长急切地想知道平时谁对自己说的是真话，谁对自己说的是假话。一回到单位，胡局长就悄悄地来到会议室，在每张椅子下面放上一个吸盘，当然他自己那张除外。然后，他叫办公室通知全局人员立即到会议室召开紧急会议。

人到齐了，胡局长说："这次出差，我学到了很多东西，尤其是领导科学和管理学方面的东西，同时也发现自己身上还存在很多缺点和不足，今天召开这次会议，就是想请大家帮我查找一下存在的问题和不足之处，我将虚心接受，并认真加以改正。下面，请大家逐一进行发言。"

胡局长话音刚落，李副局长就说："我先说两句。胡局长这种严格要求自己的精神很值得我们所有的同志认真学习，周秘书，你要把这件事写篇报道，尽快见报。要说缺点吗，我还真没发现，倒是感觉胡局长的理论水平和实际工作能力太出类拔萃了，让我配服得五体投地。胡局长，我平时最喜欢听你作报告了，每次你讲话我都受益不小。”胡局长想，他这话倒和平时一样，看来他平时对我说的都是真话。胡局长这样想时，禁不住脸上露出得意的微笑。于是说：“大家继续发言，要多提缺点和不足。”

办公室刘主任说：“胡局长，要说缺点嘛，我还真得给你提一条。”胡局长一听，心道，看来这真话仪我是买对了，但他故作欣喜地说：“很好，很好，大家都要向刘主任学习，要知无不言，言无不尽。”刘主任接着道：“胡局长在各方面对自己要求都很严格，尤其是在经济上要求更严，从不多花公家一分钱，比如，胡局长的小车和办公室装修，与一些单位相比，都已经落后了，在一定程度上有可能影响到我们局的形象。”胡局长心里松了口气，心里说：“吓了我一跳，我还以为他平时和我说的都是假话呢。要是我自己提拔的办公室主任平时都不和我说真话，我这个局长当得也太没水平了。”

秘书小周说道：“都说人无完人，依我看，胡局长已基本接近完人了。如果说有什么缺点的话，我看就是不注意领导形象，主要表现在，胡局长整天和同志们打成一片，和全局同志都处得像亲兄弟一样，没有领导的架子。”胡局长越听越高兴，也越来越佩服自己：看来我的领导水平就是高，虽然我从不和大家说真话，但大家平时对我说的都是真话，而且还个个对我佩服得五体投地，我真是了不起。

胡局长正得意呢，他的手机响了：“喂，胡局长吗，我是××市百货大楼，非常抱歉，由于我们工作的疏忽，错将假话仪当真话仪卖给您了，我们将很快上门给您更换。”

上　访

大刘村的刘大山老汉家里揭不开锅了，刘老汉没办法，只好去找村主任。村主任说："村里能有什么办法？你还是到镇里去，镇里有个民政办，专管救济，你到镇里去找杜镇长，看能不能给你提供点救济。"

刘老汉就去找杜镇长，跑了三趟，终于找到了杜镇长。杜镇长很不耐烦地听了几句，对刘老汉说："镇政府和民政办都没有一分钱了，实在解决不了。要不然你去找一下席书记，看他有没有什么办法。"杜镇长说完，就到镇里最豪华的酒店去接待县里某部门的来人去了。

刘老汉就去找席书记，跑了五趟，终于找到了席书记。席书记没听几句，就说："现在镇里正处在一个十分困难的时期，干部的工资已经两个月没发了，实在没钱。你还是回村里，叫村里想想办法，要不然就去县里看看能不能解决。"席书记说完就坐上专车到县城请一位局长吃饭去了。

刘老汉就去找分管民政的魏县长，跑了八趟，终于找到了魏县长。刘老汉刚说了两句，魏县长就说："你到值班接待室叫人把你的情况写一下再来。"

刘老汉于是到县委值班接待室，说明自己的情况，然后跟着值班接待人员到了县长的办公室。魏县长扫了两眼值班接待记录，说："像你这种情况全县很多，县财政也很困难，根本没法一一解决，你还是回镇里找镇政府想办法解决吧。"

刘老汉说："可镇里说一分钱都没有，才叫我到县里来的。"

"可我也没办法解决呀，要不然你去找一下程书记看看有没有办法解决。"

魏县长说完，就约了市里一位领导去打高尔夫球去了。

刘老汉就找到程书记。程书记看了刘老汉的材料，提笔在上面批道："请魏县长认真阅处，不能让老百姓饿肚子。"

刘老汉拿着程书记的批示找到魏县长，魏县长认真看了看程书记的批示，拿笔在旁边批道："请五河镇席书记认真落实程书记的批示精神，真正把群众冷暖放在心上，切实解决好群众的实际困难。"

席书记认真看完程书记和魏县长的批示，也在旁边批道："请杜镇长务必认真落实程书记、魏县长的批示精神，认真解决好群众的实际困难。贯彻落实情况要及时上报程书记和魏县长。"

杜镇长接到席书记的批示，立即叫来党政办公室主任，说："这份材料你好好看一下，抓紧起草一份贯彻落实情况报告给县委、县政府。然后给大刘村村委会打个电话，叫他们想方设法给解决。要跟他们讲清楚，不管采取什么办法，绝不允许这个刘大山再去上访，否则严肃处理。"

镇党政办很快就起草了一份贯彻落实情况报告，主要内容有三点：一、镇党委、政府高度重视，主要负责同志立即作出批示，安排解决；二、对全镇困难群众进行摸排、调研，研究制定解决办法，力争不让一户群众挨饿受冻；三、责成大刘村尽快解决刘大山的实际困难，镇党委、政府将于近日对落实情况进行督查。

刘老汉又回到村里，找到村主任。村主任掏出 50 块钱给他，说："这些钱先借给你用吧。"

刘老汉说："可我这次上访，光路费就花了 100 多块钱，全都是借的，叫我咋还呀?"

刘老汉又长叹一口气说："今后再也不能上访了。"

成　熟

经过一段时间运作，叔叔终于把我调到他们局工作了。那天，爸爸带着我到叔叔家表示感谢，叔叔对爸爸说："哥你放心，卫东现在还年轻，什么都不懂，我先让他在局办公室锻炼锻炼，等过两年他成熟一点，我就提拔他当科长。"这样，我就到了局办公室工作。

叔叔喜欢打麻将，没事的时候就喜欢打几圈。一天，叔叔又约了人去打麻将，他说："我出去放松一下，有急事打那个电话找我。"叔叔说的"那个电话"是他的私密电话，极少有人知道，连婶子也不知道。叔叔打麻将时不喜欢别人打扰，就关掉手机，但"那个电话"不关，以免有紧急情况好找他。

叔叔走后不久，一名副局长说有急事向叔叔汇报，问我能不能联系上叔叔。我一听是急事，就告诉他叔叔在打麻将呢，让他打了叔叔的"那个电话"。

没多久，叔叔就铁青着脸回来了。叔叔把我喊到他办公室，盯着我看了好一会儿，只把我盯得像一坨无骨的肉，几乎瘫在地上。然后，他一拍桌子说："你怎么能把我那个电话告诉别人？而且还说我在打麻将，你说这万一让市领导知道了怎么办？有你这么幼稚的人吗？"我嗫嚅了半天，才说："他说有急事找你，我怕耽误了事，又不知道该怎么说，一急就把实话说出来了。""你有没有一点脑子？不知道该怎么说也不能说实话呀，你不会说我在市里开会？"叔叔拍着桌子说，"屁大一点事都来烦我，好容易有点心情放松一下，都让你们给搅了。"

我知道我的幼稚给叔叔添了麻烦，我开始自觉地向那些办事成熟的同志学习。

不久后的一天，叔叔又“放松”去了，市委办公室突然来电话问他到哪儿去了，说市领导有急事找他。我不敢再说实话，就说叔叔正在开会，还解释说，一般开会时他会把手机关了。然后我让他打叔叔的“那个电话”找他。

我以为我做得很不错了，没想到叔叔还是不满意，叔叔说：“你还是不应该告诉他我的电话，应该记下他的电话，然后联系我，我再打过去。”叔叔还说：“好好跟老同志学习学习，尽快成熟起来。”

于是，我更加用心地向成熟的同志学习起来。

叔叔在外面包了个“二奶”，他经常去和“二奶”幽会。叔叔以为这事做得很隐秘，其实我早知道了。有一次，叔叔刚去和“二奶”幽会，婶子就怒气冲冲地跑到我办公室，她说有人看到叔叔和一个女人在一起，问我那个野女人是谁？我说这不可能，叔叔调研去了。婶子不相信，说：“你少糊我，调研为什么不开手机？你带我到他调研的地方找他去。”

我满脸堆笑让婶子坐，婶子白了我一眼，说：“不坐，你赶紧带我去找他。记住，不许通风报信。”我说：“哪能呢，我骗谁也不能骗婶子您哪。”然后，我就喊司机带我和婶子去找叔叔。下楼的时候，我悄悄对司机说了一句：“绕个弯加点油。”司机心领神会，冲我点了点头。

一上车，我就拨打办公室电话，婶子一把夺过我的电话，问：“你给谁打电话？”我说是给办公室，婶子看了看我拨的号码，把手机还给了我。我和办公室的同志随便说了点事，挂上电话后，我又拨了叔叔的“那个电话”，不等叔叔接我就挂上了。然后，我在衣袋里又按下了重拨键，估计时间差不多了再挂上。我相信叔叔会回电话的。果然，叔叔很快回电话了。我接通，很夸张地说：“哎呀，老同学，怎么有时间联系我了。是这事呀，这样吧，我们局长正在城东农贸市场进行调研，我和我婶子现在去找他有点急事，等我回来再和你联系。”

司机绕了大弯去加油，这样耽误了不少时间。等我们赶到城东农贸市场时，叔叔正和几个人调研呢，陪他调研的人中还有两个女同志。

婶子一看，就对我说一定是她的姐妹误会了，把陪叔叔调研的女同志当成了叔叔找的野女人。我说：“来一趟也好，把误会澄清了，比窝在心里好。”

第二天，叔叔把我喊到办公室，拍了拍我的肩膀说："你昨天表现很好。"我笑笑说只要叔叔满意就是我最大的荣幸。

叔叔又说："看样子那事你知道了，你说实话，是不是很看不起你叔叔?"

我说："一个男人在外面有女人说明这个男人有魅力，也说明这个男人是个成功的男人。其实大多数男人对有外遇的男人不是看不起，而是很羡慕。"

叔叔哈哈笑了起来，然后他又拍了拍我的肩膀，说："好小子，你真的成熟了，连和我都不说实话了。"

到底讲的啥

县委席书记喜欢开会，一个星期不知要开多少次会议。席书记开会有个特点，边读讲话稿边发挥，一发挥起来，就天南海北，扯得没边没沿。而且一般在会议上还不发讲话稿，因为他喜欢在第二天的报纸上把自己的讲话刊登出来，所以每次大家听得云山雾罩，稀里糊涂的。

一天，县委召开常委扩大会议，各乡镇负责同志都列席了会议。席书记讲话的题目是《鼓劲加压，顽强拼搏，全力以赴打好计划生育攻坚战》，席书记边讲边发挥，三千多字的讲话稿，他竟讲了将近四个小时，直听得大家昏昏欲睡，有的甚至打起了呼噜。

会议开过没几天，席书记到 A 镇去检查工作，听完镇里的工作汇报，席书记随便问了一句："前两天的县委常委扩大会议你们是怎么贯彻的？"

A 镇党委书记回答道："县委常委扩大会议召开之后，我镇党委高度重视，第二天立即召开全镇干部职工大会进行传达贯彻，根据你的安排部署，我们将从以下八个方面抓好我镇的养殖工作……"

席书记一愣，打断他的话问："我上次讲的是养殖业的问题吗？"

A 镇党委书记说："是啊。"

席书记隐隐约约觉得自己讲的不是养殖问题，但究竟讲的是什么，他也记不大清楚了。于是他打电话问 B 镇党委书记："前两天县委常委扩大会议精神你们镇是怎么贯彻的？"电话里面，他清楚地听到 B 镇党委书记压低声音在问别人他讲的什么内容，过了大约一分钟，才听 B 镇党委书记回答道："按照县委常委扩大会议精神，结合我镇实际，我们将从以下几个方面抓好全镇的养殖业……"

席书记觉得莫名其妙，又打电话问 C 乡党委书记："前两天我在县委常委扩大会上部署的是什么工作?”

电话那端愣了好一会儿才答道:“你讲的是如何抓好养殖业。”

席书记更加奇怪了。他虽然记不清自己讲的到底是什么,但清楚地记得他讲的绝不是养殖业的问题。于是打电话问秘书小方:“前两天在县委常委扩大会议上我讲的到底是什么内容?”

“你讲的是计划生育工作。”电话那端方秘书迅速答道。

席书记终于想起来了,不错,他讲的是计划生育工作。于是他的脸一下子拉长了,对A镇党委书记训道:“我明明在会上部署的计划生育工作,你们怎么说养殖工作?”

A镇党委书记满脸委曲,说:“你讲的就是养殖工作,你看,报纸上都是这么登的。”说着递过来一张报纸给席书记看。席书记一看,报上登着自己开会的照片,旁边是他的署名文章,标题竟是《加强领导,强化措施,全力以赴推动我县养殖业大发展》。

席书记鼻子都气歪了,立即打电话给宣传部长:“前两天我在常委扩大会上的讲话,你是怎么安排宣传报道的?”

“我都安排了,会议第二天就见报了。”宣传部长说。

“可我明明讲的是计划生育工作,报纸上怎么登的是养殖工作?”席书记怒道。

“那一定是搞错了,我现在就问问是怎么回事,马上给你回话。”宣传部长诚惶诚恐地说道。

不一会儿,宣传部长打来电话说:“我刚刚问过具体负责这件事的小刘,他说报上登的稿子是方秘书提供的。”

席书记怒气更大了,立即给方秘书打电话训道:“我在常委扩大会上明明讲的计划生育工作,可你给宣传部的稿子怎么变成了养殖工作,报纸都登出来了,你说怎么办?”

“不会呀,我怎么会给他们关于养殖业的稿子呢?噢,我想起来了,开会的时候你不是让我出去给你办一件私事去了吗?恰好宣传部小刘打电话向我要你的讲话稿,我就告诉他在我桌子上,叫他自己找,他一定是错拿了你在上次县委常委扩大会议上的讲话稿,那次会上你讲的是关于养殖工作的。”方秘书说。

排　序

单位有两个副局长。一个姓刘，年轻，资历也浅，当副局长只有两年。另一个姓张，快五十了，副局长当了十几年了，不过都是在别的局，调入现在这个单位却是最近的事。

说起来，刘副局长和张副局长很早以前就认识，关系也还不错。可现在，两人都感到了别扭。原因其实很简单，就是两人的排序问题。在他们这个地方，副职的排序是按照任职的先后顺序排的，任职文件上有明确规定的除外。张副局长虽然担任了十多年副局长，但那是其他局的副局长，任这个局的副局长时间却短，排名自然排在刘副局长后面。

张副局长哪会把年轻的刘副局长放在眼里，看他的目光中难免有点居高临下的味道。刘副局长就觉得自己的地位、尊严受到了挑战，于是把头昂向天空，看也不看张副局长一眼。

单位开会，局长自然是坐在中间，两个副局长分坐两边。张副局长先到，坐在局长的左边。中国官场的礼仪，左为尊，按排序，这个座位应该是刘副局长的。刘副局长等到张副局长去了会议室后，才端着茶杯不不慌不忙去会议室。地位越尊贵的人，总是去得越晚。所以，他既要等张副局长先去，又要抢在局长之前进会议室。可一进会议室，他就发现，局长左边的座位已经被张副局长占了，他转身离开了，会也不参加了。

再次开会时，张副局长照例先进了会议室。可一进去，他就发现，主席台上摆了席卡，刘副局长的席卡摆在局长左边，他的摆在右边。张副局长原本灿若春风的笑脸就立刻结了冰。他冲办公室主任怒道：“谁让你搞这些东西的，拿掉。”办公室主任张了张嘴，刚想解释什么，张副局长又说："你看你这会场布置的，你以为这中央政治局在开会哪，要注意节约，不要为了不必要的形式铺张浪费。今后开会不要摆席卡。"

那天的结果是，刘副局长又没参加会议。

之后不久，局长主持召开班子成员会。局班子会只三位局长参加，按惯例，办公室主任做会议记录，兼为局长们搞服务，主要是倒水、点烟等。有时，需要记录的东西太多，办公室主任忙不过来，就由排位最后的副局长为大家服务。当然，这都是不成文规定。可那天，办公室主任要记的东西太多，连头顾不上抬。三位局长的茶杯早已空了，他也没看见。刘副局长和张副局长互相看了一眼，谁也不主动去倒水。三个人的杯子就那么空着。局长掏出烟，一人发了一根，叼在嘴上，却没人点烟。局长重重地哼了一声，办公室主任才发现问题，慌忙停下笔，给局长们点烟倒水。

会议散后，刘副局长和张副局长一人拿了一张报纸，去了卫生间。那个时间正好是打扫卫生间的时间。打扫卫生间的女物业站在卫生间门口问："里面有人吗?"刘副局长不吱声，心里说，我的排序在前面，该姓张的回答。张副局长也不吱声，心想，我当副局长时你姓刘的还没上班呢，想在我面前充大，没门，就该你姓刘的回答。

结果……

门 面

在L市民政局工作的李明华向在M市工作的大学同学叶成新打听一件事，两人聊着聊着，叶成新就说起他儿子这两天要结婚的事。李明华想，看来这份喜酒不喝是不行了。恰好局长的司机有事到M市，李明华就搭了个便车。

进入M市没多久，李明华突然发现慢车道有一个骑自行车的人特熟悉，仔细一看，正是老同学叶成新。李明华连忙让司机靠路边停下车，喊住了老同学。叶成新一看李明华从小轿车里下来，又看了看那车号，脸上露出惊讶的表情，说："老同学，混得不错呀，坐上专车了，肯定是当上局长了。"李明华不是什么局长，只是一个副科长，现在正在想方设法向正科的位置上努力呢。但李明华没有解释，只是笑了笑，什么也没说。叶成新说："老同学，当了局长还能记得我这个平头老百姓，专程赶来参加犬子的婚礼，真是难能可贵。到时候我给你介绍两个朋友。"李明华嘴里说着"好啊"，心里却想，你叶成新窝囊了一辈子，能认识什么人？

赴宴时，李明华一到，叶成新就拉住他的手说，连忙说："老同学，谢谢光临，座位都给你安排好了，就等你入席呢。"说着就把李明华引到一张大圆桌前，圆桌的主宾位正空着。叶成新让李明华在主宾位上坐下，然后向大家介绍说："这是我的大学同学，L市民政局的局长李明华。"然后又逐一向李明华介绍了其他人。李明华认真听完，知道都是一般的工作人员，没有什么特别人物，忙劝叶成新去招呼其他人。

不一会儿，叶成新又把一个气宇轩昂的人引到李明华的邻桌，向大家介绍说："这是我的老同学，北大的副教授。"那人连忙向四下拱了拱

手。李明华想，没想到叶成新还会认识北大的副教授，看来他也不是太窝囊。不一会儿，叶成新又陆续引来几个有头有脸的人物，分别坐在不同的桌上，有企业老板，也有艺术界人士。李明华没想到平时十分窝囊的叶成新能认识那多么人，不由得对叶成新刮目相看。这时，叶成新又引来一位派头十足的人，坐到李明华旁边的桌子上。李明华想，看这人的派头，倒像是个当官的。李明华正想着呢，只听就成新向大家介绍说，那人是N市的副市长。这让李明华大吃一惊，他怎么也没想到，叶成新会认识一个副市长，而且关系竟是那样铁，李明华对叶成新简直是崇敬有加了。

李明华知道，N市和他们L市是友好城市，他想，这个副市长一定会和L市的领导层有所接触，如果能让这人帮忙找L市的领导打个招呼，那他解决正科的事岂不是小菜一碟。李明华这样一想，就想让叶成新能给自己单独介绍一下那个副市长。可恰在这时，开始上菜了，李明华只好作罢，想等到吃过饭再说。

酒宴一散，李明华正想找叶成新给自己介绍一下那位副市长，却不料那位副市长竟主动找到他，把他拉到一边，递上一支烟，并执意给他点上。这让李明华感到受宠若惊。那位副市长说："我听人说你是L市民政局的李局长，我有件事想请你帮帮忙。"李明华十分惊奇，说："你不是N市的副市长吗，我们两个市是友好城市，你只要和我们市的领导打打个招呼，还有办不好的事?"

那人趴在李明华耳边小声说："我哪里是什么副市长，只是你的老同学叶成新花钱请来给他装门面的。"

全 才

到S市出差，我决定去拜访一下S市的老同学贺光明。

贺光明是我大学时的同学，在我们同学的眼里，他简直是十九世纪的怪物。他非常迂腐，又什么也不懂，不会吸烟、喝酒，不会下棋、打牌，至于唱歌、跳舞，更是一窍不通。平时，他除了看书，就是写点文章。同学中极少有人和他交往，只有我因为在班里被称为全才，几乎什么都会，有时也写点豆腐块，和他有一些交往。

到了S市，一出火车站，贺光明正在大门外等我。见到我，他一把抓住我的手说："老同学，多年未见，你还是那么年轻英俊，一点都没变。不像我，都老了。"

我诧异他能说出那么讨人喜欢的话，细看他，的确，虽然西装革履，显得非常潇洒，全没有一点当年迂腐得近乎寒酸的样子，但额头的皱纹却非常的明显，显出与年龄不相符的成熟与老态。

贺光明叫了辆出租车，直接把我送到中华大酒店。吃饭还早，贺光明说："我知道老同学最爱下棋，走，我们先到棋牌室，我跟你学两棋。"

"怎么，你也学会下棋了？真是士别三日，当刮目相看。今天我倒要好好讨教两盘。"我故作谦虚地说。

"多年不见，老同学还是那么谦虚。当年我虽然不会下棋，可谁不知道你是我们系的象棋冠军？今天，你可要好好教教我。"贺光明说着把我带到了棋牌室。

我们一连下了三棋，我是一胜两和。但我已经看出他在让我，因为每一盘他都有机会赢我，他却都没有去抓那些机会，而我则根本没有一丝一毫的机会赢他；第一棋能赢，也是他故意走了漏着而已。这让我不得不暗暗吃惊，也失了下棋的兴趣。

贺光明似乎看出我不太想下棋了，于是说道："反正吃饭还早，这儿有舞厅和保龄球馆，老同学是想跳舞呢，还是想打保龄球？"

我很惊异地望着他说："怎么，这些你都会？"

"说不上会，马马虎虎吧。"他说。

我说："那就打保龄球吧。"

于是我们打保龄球。我很快就知道了他说的马马虎虎是一个什么概念了，因为他连续两局都打出了让我不敢想象的200多分的高分。

吃饭时，贺光明问："老同学，喜欢喝什么酒？"

考虑到他不会喝酒，我说："不喝了，不喝了，咱们俩好好叙叙旧。"

"旧肯定是要叙的，但酒也一定要喝。同学几年，我都没有陪你喝过一杯酒，今天，我一定要陪老同学好好喝两杯。"贺光明说。

这时候，我已丝毫不怀疑他会喝酒了，但他喝酒的姿势之潇洒，酒量之大，劝酒令之丰富还是让我大开眼界。

我们边喝边聊。聊着聊着，我就发现他擅长的东西太多了，与他相比，我这个所谓的全才简直什么都不是。我奇怪地问："老同学，你这些东西都是什么时候学的，怎么我们同学都不知道？"

"这些东西，都是我工作以后被迫学的。"他说，"比如喝酒、抽烟是我在镇党政办公室当秘书时跟我们书记、镇长学的，下棋、打麻将是我在县人事局当秘书时跟局长学的，打保龄球、跳舞是我被调到市人事局当秘书后跟局长学的……"

就在这时，他的手机响了，他接通电话说："刘老师啊，真不好意思，刚才忘了和你联系了，今天我有个老同学从外地过来了，我正陪他呢，学打高尔夫球的事改天我再和你联系吧。"

"怎么，你现在又开始学打高尔夫球了？你的档次可是越来越高了。"我说。

"有什么办法呢，我现在跟的这个副市长就喜欢打保龄球，你说我这个当秘书的不会能行吗？"他有些无奈地说。

"他喜欢打保龄球和你会不会打保龄球之间有什么关系吗？"我不解地问。

"我们当秘书的，领导的爱好就是我们的爱好，你明白吗？"他说。

帮　扶

那天，妻看电视，突然看到一条领导看望帮扶对象的新闻，于是问我有没有帮扶对象？我虽然没有什么职务，但大小也是一个副科级，过不多久就有一个帮扶任务，帮扶对象还是有几个的。但至于有多少，却实在记不清了，印象中应该有农村五保户、二女户、受灾群众，还企业特困职工、下岗工人等等。有的见过一次面，但也仅仅是见一次面而已，就再也没有联系了；有的则根本就连面也没见过。

我突然觉得有些对不住我的这些帮扶对象，因为我没有给他们提供过哪怕一丝一毫的帮助。虽然我知道这种帮扶制度本身就是一个形式，大家也都和我一样，但我心中还是充满了一种深深的愧疚感，我决定去看看我的帮扶对象。

可是我翻完了我所有的电话本，却找不到一个帮扶对象的电话。记得当时为了让群众相信我们是真心帮扶他们的，领导要求我们和帮扶对象互留了电话号码，可怎么找不到了呢？仔细再想，于是记起，当时自己并未把他们的电话记在电话本上，而是随手记在什么纸上，过后就扔了。这样，心中就更是自责。忽然记起帮扶企业下岗工人时，我的帮扶对象要了我的手机号码（一般大家留给帮扶对象的都是办公室电话，轻易不留自己家里的电话和手机号码）存在了他的手机上，我当时也装模作样地要了他的手机号码存在了我的手机上。于是翻开手机的通讯录，果然找到一个陌生的名字，叫赵文勇。再翻，没有陌生的名字了，看来这个赵文勇就是我的帮扶对象。

我拨通赵文勇的电话，用十分亲切的口吻说：“是文勇吗？你好啊，我是徐全庆，还记得吗？”电话那端愣了一下，问：“徐全庆？不认识，

你是不是打错了?”我想我的脸上一定烧得通红。我调整了一下自己的情绪，仍用十分亲切的口吻说：“文勇你好健忘呀，你是我的帮扶对象你还记得吗?”电话那端声音大了起来：“你别瞎胡扯，谁是你的对象？我可是有老婆的人。再说了，我是最看不起同性恋的。”

我和他解释了半天他才明白我是谁，于是口气也友善起来，问我有什么事？我说想去看看他，他又是一愣，连说：“谢谢，谢谢，不用了，你们领导干部都忙，不要为我耽误时间了。我这两年做点小生意，日子还行，多谢领导关心了。”我说我都安排好了，明天上午一定会去的。他恍然大悟似的说了一句“我明白了”，然后告诉我他的地址。

第二天上午，忙完工作已经快十一点了，我买了一篮鸡蛋和一箱牛奶，匆匆赶到赵文勇家。赵文勇住的是平房，院子里坐着很多人。我认不出哪个是赵文勇，又不想让他知道我认不出他来，于是一进院子就喊：“文勇啊，我是徐全庆，我来看你了。”一院子的人都站起来，一个年轻人迎了上来。我把东西放下，紧紧握住他的手，使劲晃了两晃，说：“文勇，你还和两年前一样，一点没变呀。”年轻人笑了笑说：“文勇在厕所呢，我是文勇的朋友刘永辉，和文勇都是一个厂的下岗职工。”我听到大家都在笑，我真想找个地缝钻进去。

这时，赵文勇已经匆匆出来了。他看了看我，一愣，问：“徐领导，就你一个人?”我说是啊。他忙向我介绍院子里的人，除了刘永辉，其余都是他原来厂的领导，他说：“我原以为你会带一帮人，还要拍电视，所以把厂领导都请来了。我看电视上领导慰问都是这样的。没想到只有你一个人，真是难得。”

“难得，难得。”他的那些领导们也都说，然后和我打个招呼，纷纷告辞了。在他们离去的时候，我分明听到有人小声说了一句：“这人脑袋没毛病吧。”我感觉脑袋嗡地一下，好像真的出了毛病。

我和赵文勇、刘永辉叙家常，叙着叙着就到了中午。我要请他们俩吃饭，他们开始不同意，但没拗过我，于是跟着我到了酒店。为了给我省钱，他们俩坚持在一楼大厅吃饭。

刚端起酒杯，我就看见我们冯局长在几个同事的簇拥下走进了酒店，而且恰好看到了我。我慌忙站起来，迎了上去，介绍了一下赵文勇和刘

永辉，说明了情况。“你做得很好，”冯局长拍着我的肩膀，转过头又对身边的同事们说，“你们应该好好向徐全庆同志学习，多关心下岗职工，多关心困难群众。”然后，冯局长又对赵文勇和刘永辉发表了一番演讲，大意是让他们多学习，拥有一技之长，自立自强；相信党和政府不会忘记他们，会想方设法解决他们遇到的各种困难。

冯局长说完，刘永辉说：“冯局长您好，您还记得我吗？我是你的帮扶对象。”我看见冯局长的脸突然阴沉下来，像是熟透的葡萄。他剜了我一眼说：“你做得真不错，连我的帮扶对象也一起帮扶了。”说完就带着众人上楼去了。

我尴尬地站在那里，不知道如何是好。

上面有人

邻县的老同学谷红英打电话来，要我无论如何帮她一个忙。

谷红英是我读大学时的校花，是很多男生追逐的对象。那时我也暗恋她很长一段时间。现在，我们早已天各一方，而且都有了各自的家庭，但我对谷红英依然有一种说不清的感觉，能够帮她的忙我当然十分高兴。

谷红英让我冒充省委组织部的一位处长，到她们县去一趟，然后由她做东，请我和她们局领导班子见个面，如此而已。谷红英一说，我就猜到，一定是她因为上面没人，一直没有提拔，所以才想出这样一个歪招。我问她万一被人发现我是假冒的怎么办？谷红英说绝对不会，他们局领导班子没有人和省委组织部有任何关系，只要我装的派头十足，就不会有人怀疑。谷红英说，你可一定要帮我啊。

为了我曾经暗恋的谷红英，我冒着被揭穿的危险，到了谷红英所在的县。一切都和谷红英预料的一样，一听说我是省委组织部的处长，她们局的领导班子就全体出动陪我吃饭来了。我虽然只是一个普通副科长，但由于平时接待任务多，见过的领导也多，因此摆起谱来很像那么回事。谷红英的局长和副局长们没有一个人对我的身份有所怀疑，一个劲地向我敬酒，说一些客套话，要我对他们局的工作多指导。我拍着局长的肩膀说："我这个老同学你们可得好好照顾一下。"局长听了连连点头说："那当然那当然。"那一顿饭，我吃得虽然有些紧张，但总算完成了谷红英交代的任务。

那以后没多久，我就听说谷红英从一个普通科员一步到位当上了科长。我听了很是感慨一番，这年头上面有真关系好当官，没想到有假关系也能当官。谷红英的局长们就因为我冒充了一次省委组织部的一个处长，就这么快提拔了谷红英，那他们也太容易上当了吧？带着这样的疑问我拨通了谷红英的电话。我说：“你们局领导班子是不是太笨了点，居然没有人怀疑我是假冒的？”

谷红英的回答让我吃了一惊，她说，其实她们局长从一开始就知道我这个处长是假的，是局长配合我演了那出戏。谷红英的回答让我更加奇怪，就追问她到底是怎么回事？谷红英说，其实局长对她的工作能力一直很欣赏，早就想提拔她了。可现在，一个人一旦提拔了，人们总是认为他要么上面有人，要么就是花了钱；如果提拔的是女同志，就还会认为她可能与领导有不正当关系。谷红英上面没有人，局长也是一个不爱钱的人，因此，如果谷红英提拔的话，很多人就会认为她和局长有不正当关系。为了避免这种情况出现，她只好出此下策了。

局长没爱好

刘局长上任没多久，大家就发现，他的确是与众不同。刘局长不收任何人的礼物，请吃饭他也不去。这也没什么特别，前几任局长开始也都是这么做的。刘局长的与众不同之处在于，他没有任何爱好。

没有爱好怎么行呢，无论如何得让刘局长有点爱好。许多人想。

有人提出教刘局长打麻将，刘局长坚决不同意，说自己对那玩意儿丝毫不感兴趣，而且打麻将既浪费时间，玩长了还伤身体，他是无论如何也不学的。他不仅不学，而且还劝大家尽量都不要打麻将。话说到份上，大家就不好再劝了。

有人就拉着刘局长去跳舞，刘局长说不会，不愿去。大家就说，跳舞是好事，既可以增进大家的感情，又可以锻炼身体，刘局长可得支持呀。刘局长拗不过大家，被拉进了舞厅。几个“舞林高手”轮番上阵，一连教了好几天，可刘局长什么也没学会。他的姿势笨拙得像企鹅，一抬腿就踩舞伴的脚，弄得刘局长十分不好意思，连连向大家道歉，说自己小脑不发达，身体协调能力差，看来这辈子也别想跳舞了。刘局长每次道歉都很真诚，弄得大家也都感到十分尴尬，舞自然是跳不下去了。

休息日，刘局长正要陪老伴逛街，来了几个熟人要带他去钓鱼。这次刘局长倒很爽快，没有推辞就答应了。到了塘边，刘局长接过别人为他准备好的钓具，开始了钓鱼。鱼钩在水里没几秒钟，刘局长就沉不住气了，甩起钩看看。没过几秒钟，又甩起钩看看。如此几番，自然是一条鱼也没钓着。旁边的人就对他说，钓鱼得有耐性，不能这么急。否则钓不上来鱼的。刘局长就说，那好，这次我耐心等。可刘局长等了不到一分钟，就又等不及了，拿出一本书说，你们帮我看着，鱼吃钩时喊我一声，我先看会儿书。这样，大家也不好意思再钓了。

大家又想了很多办法培养刘局长的爱好，可这个刘局长就是什么也学不会。而且他似乎对什么都不感兴趣，每天的空闲时间，他除了看书、看电视、陪老伴逛街，更多的时间就是下基层调研。

直到刘局长从局长的位上退下来，大家也没见他有什么爱好。但就是这么一个什么都学不会的刘局长，却把局里工作搞得有声有色，多次受到上级表彰。

从局长位上退下来之后，大家突然发现，刘局长的业余生活丰富的很，下棋、打牌、跳舞、打球、钓鱼、唱戏，不仅爱好广泛，而且样样精通。有人问刘局长，这些东西你都是什么时候学会的呀？刘局长笑着说，这些呀，我上学的时候就会了。可你为什么始终瞒着大家呢？那人又问。

刘局长很认真地说道，我不想自己也像前几任局长那样，因为自己的爱好被别有用心的人利用而犯错误。

发现一个假所长

那个穿警服的从饭店一离开，刘明华就叫一个小伙计偷偷地跟着，然后立即拨通了派出所的电话，举报说刚才有人冒充新来的派出所所长。开始，刘明华并不想举报的，因为那人只是冒充一下新来的派出所所长而已，并没有骗他任何东西，但刘明华想和派出所进一步搞好关系，所以犹豫了一下还是举报了。

很快，两个警察就赶过来了。一个警察还不放心，问刘明华有没有搞错？刘明华拍着胸脯说："放心吧，我天天和客人打交道，别的本事没有，但认人的本事绝对错不了。"两个警察放心了，从刘明华饭店里拿了几包最好的烟，带着刘明华就去追那个冒充他们所长的人去了。

刘明华拨通小伙计的电话，小伙计说那个假所长进了百货大楼。刘明华和警察赶到百货大楼，只见那小伙计正在大门口站着。刘明华就问小伙计跟的人呢？小伙计说他跟着那个假所长到了百货大楼，可里面人太多，一眨眼就跟丢了，他只好到大门口守着。两个警察异口同声地骂了句"废物"，带着刘明华进了百货大楼。

大楼内人很多，熙熙攘攘的，很不利于找人。刘明华跟着两个警察从一楼找到顶楼，也没有见到那个假所长的影子。一个警察骂骂咧咧地说道："本来想表现表现给新来的所长看看，没想到白辛苦一趟，晚上你可得给我们俩补偿一下。"刘明华连忙答应。

几个人垂头丧气地准备离开百货大楼，下到一楼时，刘明华突然发现了那个假所长，连忙指给那两个警察看。两个警察立即跑上去，一个警察一把抓住那人的衣领，但随即就松开手，低下头说："所长，怎么是你？"另外一个警察转身骂刘明华："你不是说绝对不会搞错吗？明明是我们所长，你怎么说是假的?”

刘明华也愣了，解释道：“他带几个人去吃饭，说他是你们新来的所长，可吃完饭他居然自己用现金付账，而且还不要发票，所以我就认定他一定是假冒的。”

顶 罪

徐卫东正在整理一份材料，只见安德平匆匆跑进办公室，手不停地抚摸着自己的胸口，显然是受到了惊吓。徐卫东问，怎么了？安德平一哆嗦，才注意到徐卫东也在办公室，结结巴巴地说，没，没什么。说着坐到自己的座位上，目光茫然地盯着前方。

徐卫东盯着安德平问，到底怎么了？安德平抬起头看了看徐卫东说，我刚才给刘局长送文件，刘局长不在办公室，我把文件夹放在他桌子上。我转身就要离开时，一阵风一吹，那文件就要掉在地上，我慌忙去按住文件，不想却把刘局长的茶杯碰掉地上，摔碎了。安德平说着，又望了徐卫东一眼，说，我不是故意的，真的，不是故意的。

徐卫东笑了，就这点事，和刘局长说清楚不就行了。安德平连连摆手，说，不能说，不能说，前两天刘局长刚批评过我，现在要知道是我把他的杯子弄碎了，一定说我是故意报复他的。徐卫东说，那你就不要承认，反正也没人看见。安德平想了一下说，不行，那个杯子可是刘局长的女儿从北京给他带回来的，他宝贝得很哪，一定会查清楚的。就算查不出来，也会怀疑到我头上的。那样我今后就没有好日子过了。安德平说着，已经带了哭腔。

徐卫东不忍看安德平为难，说，这样吧，马上我去找刘局长，就说那杯子是我不小心碰倒的。

安德平一把抓住徐卫东的手说，真的，谢谢，谢谢，太谢谢你了。

徐卫东说，客气啥。说完就去找刘局长，把责任揽了下来。

晚上，安德平非要请徐卫东吃饭，徐卫东拗不过他，只好随他到了一个小吃铺。酒喝得差不多了，安德平说，今天这事可就咱们俩知道。

徐卫东拍了拍胸口，说，如果有第三个人知道，你只管找我徐卫东算账。

从此，安德平就和徐卫东成了非常要好的朋友。安德平有饭局时，总会喊徐卫东一起去。徐卫东也是。向别人介绍起徐卫东时，安德平总会说，这是我同事，也是我哥们，告诉你，我这个哥们可是非常讲义气的哟。

此后不久，有一天，徐卫东所在的科室加班，吃饭时刘局长也去了。徐卫东向刘局长敬酒时，刘局长说，徐卫东敢于负责，不推卸责任，是个好同志。有一次，他无意中把我的一个茶杯碰倒了，当时并没有人看见，他要是不说，我怎么也不会想到是他，可他还是主动承认了。大家也都附和着说徐卫东是好同志。

安德平就举起酒杯，冲徐卫东说，为你这种敢于负责的精神，我敬你一杯酒。徐卫东突然觉得，安德平的语气中似乎没有了往日的真诚，而是一股酸酸的味道。

又过了一段时间，徐卫东被提拔到另一个科当副科长。据说是刘局长提议的，刘局长说，像徐卫东这样敢于承担责任的人，就应该提拔重用。

任命书下来后，徐卫东请安德平喝酒，想庆贺一下，安德平说自己有事，没有去。徐卫东请了他几回，安德平都没有去。徐卫东几次找安德平聊天，安德平也都借口忙，回绝了。渐渐地，两人之间越来越疏远，终于成了路人。

徐卫东怎么也想不明白，问题到底出在哪儿呢?

牌

李为民调到外经委任副主任时，外经委连他共有五个人。全县出口创汇的企业很少，外经委的工作就很轻闲，每月的工作任务要不到两天就完成了。

也有忙的时候，县里有一个服装厂，以前是出口创汇大户，但近年来，由于种种原因，企业停产了。工人没事做，时不时就到县里上访，一去就是好几十人，弄得县委、县政府很被动。工人一上访，外经委就忙了起来，全力以赴做好劝访息访工作。

李为民到外经委后，通过一段时间调研，向主任何升提出一个对服装厂实施破产的方案。何升扫了一眼李为民，说不行，依法破产需要一次性拿出200多万元，我们根本没有钱。

李为民盯着何升说，市里现在有鼓励国有企业破产的政策，会支持我们一部分资金，县里再咬咬牙拿出一部分资金，就可以彻底解决服装厂问题。而现在，职工上访一次就要拿出一二十万元安抚职工一次，结果要比破产花的多得多，我想，县委、县政府会同意这个方案的。何升意味深长地看了李为民一眼，说，你想的太简单了，服装厂的问题是个政治问题，解决政治问题要用政治方法。

这话说过没多久，有一天，县委正在召开常委会，服装厂的职工又一次上访，把常委们围在会议室。书记、县长费了好大劲也没劝动大家，常委个个都急了一脸汗。何升接到电话后，几句话，就把大家带到外经委了。何升走后，常委们都说，这个何升，做起职工工作就是有一套。

再后来，何升因为年龄偏大，升任县政协副主席，李为民接替何升当了外经委主任。

李为民上任后的第一件事，就是向县委、县政府提出对服装厂依法破产方案。何升听说后，立即打电话给李为民说，我作为你的老大哥再次奉劝你一句，对服装厂的问题一定要慎重，不到万不得已，千万不要实施破产，我这是为你和外经委全体同志着想。李为民说，我已经想得很清楚了，对服装厂来说，破产是最好的选择。

服装厂的依法破产方案经过县委、县政府联席会议认真讨论，很快通过并实施了，服装厂的职工得到了妥善安置，再也不上访了。没有上访，外经委算是彻底轻闲了。

有一次，县里召开大会，李为民因为有事迟到了。书记说，你外经委成天没有任何事，开会居然也能来晚，你都忙什么哪?

又过了一段时间，县里进行机构改革，外经委被撤销，并入了商务办，李为民不再是主任，连个副主任也没当上，只保留了个主任科员的虚职。何升听说后，又一次打电话对李为民说，你呀，太不懂政治了，我给你留了那么好的一张政治牌，你怎么随随便便就给扔了。

旋　钮

王枫刚到局里当秘书的时候，一位老秘书告诉他，当秘书要注意很多东西。比如，上班要比领导到的早，下班要比领导走的迟，绝对不能出现领导找不到你的情况；一切围着领导转，把领导的爱好当成自己的爱好，等等。说得王枫连连点头。老秘书还告诉王枫，一定要养成晚上大便的习惯。王枫奇怪地问："这和当秘书有什么关系吗?""当然有关系了，"老秘书说，"你作为一名秘书，会经常随领导外出，如果大便时间不固定，万一在你大便的时间领导要带你外出，或者有急事找你，怎么办?"

王枫原来以为只要文章写得好就可以当秘书了，没想到还有那么多讲究。从那以后，每天晚上睡觉前，王枫就去卫生间上大便。明明没有大便也要硬憋，有时憋上半个小时，两腿酸得难受却仍憋不出一点屎来。而有时，上班时间偏偏想大便，又只好忍着，只憋得满头大汗仍然忍着。就这样，经过三个月的艰苦锻炼，王枫终于养成了在睡觉前大便的习惯。王枫也以良好的表现赢得了局长们的赞赏。

然而，有一天，王枫因为受了凉，拉起了肚子，一趟一趟去厕所。有一次，他刚到厕所，局长恰好要到基层，没有找到王枫，很不悦，就对办公室刘主任说："问问王枫怎么回事，上班时间怎么不在办公室里呆着?"说完就带着其他人下基层去了。

刘主任就急忙叫人到处找王枫，终于把王枫从厕所里揪了出来。刘主任就沉着脸问道："上班时间你不在办公室呆着到哪儿去了?"王枫就说刚才在厕所大便呢。刘主任说："作为一名秘书，你不知道上班时间大便会影响工作吗?"王枫只好解释说今天刚好拉肚子。刘主任就说："你拉肚子就影响领导的工作，今后一定要想方设法予以克服。”

拉肚子怎么克服，这让王枫很苦恼，谁能保证一辈子不拉肚子？一天，和几个好友在一起喝酒时，王枫就把苦恼说了出来。好友中一个医生说：“这不难，你到我们医院做个手术，在肚子上安个旋钮就行了。”“真的？”王枫问。“当然是真的，只要旋钮不旋开，你就憋再久也解不出大小便来。”

第二天王枫就到了朋友的医院做了个手术，在肚子上安了个旋钮，这样就不怕大小便出问题了。这让王枫感到特别轻松。以后的日子里，王枫再也没有因为大小便问题引起领导的不快。但让他苦恼的是，自从身上安了个旋钮，他每次上厕所都得偷偷摸摸的，生怕被别人看见；当然更不敢去浴池洗澡了。这些还容易克服，但晚上睡觉时，一翻身，那旋钮就把身体硌得生疼，他常常半夜被疼醒。

有一天，省厅的厅长到王枫所在的局里视察工作，晚上，局里在迎宾楼宴请那位厅长，王枫破天荒地被允许陪同。席间，也不知喝了多少酒，只知道大家一遍一遍往洗手间跑。王枫喝的更多。领导随意的时候他得喝尽，领导不能喝的时候他得替领导喝。王枫的肚子胀的难受，膀胱胀得更难受，但看看桌上都是领导，他不敢随意去上洗手间，只好强忍着。每次看到其他人往洗手间去，他就更感到自己的膀胱像是要炸裂似的。

这样又喝了一段时间，王枫终于憋不住了，独自到洗手间去了。看看洗手间没人，王枫赶紧解开裤子，旋开旋钮，顿时感到说不出的舒服。恰在此时，门被推开了，进来一个人，是厅长。厅长奇怪地盯着王枫身上的旋钮，问是怎么回事。王枫如实说了。厅长说：“真的？告诉我在哪个医院做的手术，我也要安个旋钮。”

“厅长，您也需要这个？”王枫奇怪地问。

“需要，其实每个人都需要。”厅长说。

王枫默默地叹了口气，心里说，要是大家都不需要这个就好了。

王一群的嘴

王一群有两张嘴。一张和普通人一样，长在脸上；另一张则长在左胸口上。两张嘴各有特点，从长在脸上的那张嘴里说出来的话都是经过深思熟虑、揣摩再三的，而从左胸口上那张嘴里说出来的话都是不假思索、脱口而出的。长两张嘴虽然很怪，但毕竟有一张嘴穿在衣服里，别人看不到，所以王一群就任其存在下去，他甚至觉得有两张嘴是一件很有意思的事。

然而，渐渐地，王一群就发现两张嘴的害处来了。

先是有一次，组织上准备提拔办公室主任刘明，考察组的同志逐个找同志们谈话。王一群开始还谈的较好，可当考察组的同志问到刘明有哪些缺点时，王一群脸上的那张嘴刚想说“没有”，可胸口上的那张嘴却说：“他小心眼，爱报复人。”王一群从此就得罪了刘明。那年的先进工作者评比，正是由于刘明的暗中操纵，本来很有希望的王一群竟意外地没有被评上。

接着有一次，在局里年终总结会上，领导们大谈一年来取得的成绩。就在这时，王一群胸口上的那张嘴突然喊出一句：“别净说好听的，还有许多没有办成的事怎么不说?”结果那年局里分房子，虽然他各方面条件都符合，但却没能分到。

后来又有一次，局里召开党风廉政建设和反腐败工作大会，局长慷慨激昂地作工作报告，并表示自己一定要像孔繁森那样清清白白做人，博得一阵热烈的掌声。王一群在和大家一样拼命鼓掌的时候，胸口上的那张嘴里突然冒出一句：“说的倒好听，昨天我还亲眼见你在办公室里收人家的钱呢。”那时局里正准备提拔他，结果不但泡了汤，他还因为诬蔑领导受到了处分，被调到一个工作条件极差的基层所去工作。

渐渐地，王一群在大家眼里成了另类，成了怪物。所有人都躲避着他，不敢和他讲话，生怕一不小心连累了自己。

王一群知道，许多事情坏就坏在那张长在胸口上的嘴上，经过深思熟虑之后，他决定到医院做个手术，把那张嘴缝上。手术很成功，那张嘴再也讲不出一句话。很多时候，有些话很想从那张嘴里冲出来，但都没有成功。于是那些话又想从脸上那嘴里冲出来，但经过大脑时，又被硬生生的压了回去。

过了一段时间，大家又喜欢上了王一群，领导也对他刮目相看。王一群很快被提拔为副所长、所长，甚至一路升上局长的宝座。

与此同时，王一群的身体却出现了毛病，他的胸口发闷，肚子也胀了起来。开始他还不觉得怎么样，可后来胸口越来越闷，肚子也越胀越厉害，比即将临产的孕妇还大得多，随时都有被胀破的危险。不得已，王一群只好去医院检查。医生经过反复检查，终于查明，原来，那满满一肚子装的都是没能讲出来的话。

医生告诉王一群，必须把胸口上的那张嘴打开，把那些话放出来，他的病才能好。

“有其他办法吗？”王一群问。

“没有。”医生斩钉截铁地回答。

王一群思索良久，长长叹了一口气道：“天哪，这可怎么办呢？”

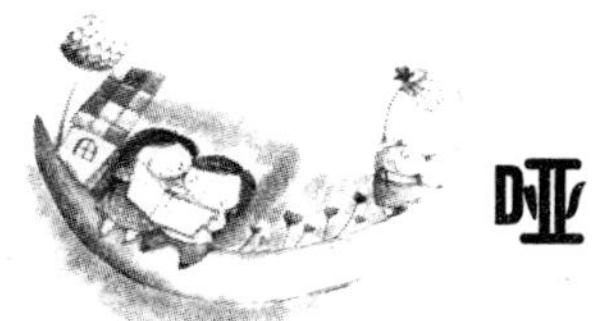

哑

年轻的时候，王一群的嘴皮子挺利索，大学期间，还在全校辩论赛中拿过优秀辩手奖。王一群很为此骄傲，于是就常常自觉不自觉的显示嘴上的功夫。

语言是沟通的工具，王一群也凭着嘴上的功夫拉近了与单位同事之间的距离，他一度成了单位很受欢迎的人。然而，言多必失，机关尤其不喜欢多嘴的人。王一群很快就发现同事们渐渐对他疏远了，有什么话不和他说了；他说什么，别人也只是“嗯”、“啊”地应付，很少和他深谈。到后来甚至一见他张嘴，大家就远远地躲开了，好像他是一个瘟神似的。于是他在单位就成了孤家寡人。

问题出在哪儿呢？王一群苦苦思索，终于发现，在自己率性而为地侃侃而谈时，无意中说了一些不该说的话，得罪了不少人，虽然那并非他的本意。这些人当然就不愿再理他；其他人也因为怕他那张什么都不避讳的嘴而不敢和他交往。

这样的日子当然是难熬的，王一群决心改变这种状况。于是他向一位高人请教。高人说：“你想清楚了，真的愿意改变这种状况吗？”王一群想了想说：“想清楚了。”高人又说：“一旦改变了，就再也变不回来了。”王一群坚定地说：“知道了。”高人于是拿出一瓶药水，对王一群说：“喝了它。”王一群一饮而尽。

药很苦。王一群想问这是什么药，却发现自己讲不出话来了。他哑了。不过没有全哑，还能说一些简单的字，比如“嗯”、“啊”、“行”、“是”等。而且，渐渐地他还发现，无论别人说什么，无论自己是多么欢喜、多么愤怒，他的脸上都十分平静，什么表情都没有，真正的喜怒不形于色。

这样一来，大家反倒主动找他说话了，都把他当成了倾诉的对象，和别人不能说的话都和他说，都把他当成了知心朋友。当然无论别人说什么，他所说的永远都是“嗯”、“啊”、“行”、“是”等，有时甚至一个字也不说，他只是听。

在众人的眼里，王一群变得非常成熟、非常有涵养，他因此博得了同事们的喜爱和上级的高度评价。就这样，不久，他就被提拔为副主任，这是他以前拼着老命奋斗了多年也没有得到的结果。当了官的王一群仍然不能说话，别人向他汇报工作时，他仍然喜怒不形于色，偶尔“嗯”、“啊”、“行”说上几个字。但他却顺风顺水，一路高升，官越做越大了。

官做大了，当然就少不了作报告。但王一群却仍然不会说话。于是每次作报告时，秘书就拿个话筒，蹲在桌子下面念事先准备好的稿子，他就在台上正襟危坐，装模作样地说着什么，居然配合得天衣无缝。

再后来，王一群的官当的更大了，在他那个地方，谁都得听他的，他想干什么就干什么，想怎么干就怎么干，没人敢说半个不字。这时，他居然又可以像以前一样，想说什么就说什么了。

我不幽默

从小到大我都不幽默，不但不幽默，很多时候也理解不了别人的幽默，为此我很苦恼。可是工作之后，大家都说我很幽默。

一次，局里开会，学习县委刘书记的讲话。局长先把刘书记的讲话稿读了一遍，然后说："刘书记的讲话既有很强的理论性，又切合我县的实际，对全县的工作有着很强的指导性和可操作性。下面，大家开始讨论刘书记的讲话。"

局长说完，大家就开始发言，纷纷说刘书记的讲话针对性是如何如何强等，听得我直撇嘴。我正撇着嘴呢，局长让我发言了。我一愣，站起来就说了句实话："这个讲话稿我是第二次看了。"

局长也是一愣，盯住我问："第二次？县里的会议你参加了？"

县里的会议我当然没资格参加，但这个讲话稿我确实是第二次看了。前天我到邻县的一个朋友那儿去玩，朋友那单位也正在学习他们县委书记的讲话。朋友说那个讲话稿全抄市委书记的讲话。我看了那个讲话稿，与我们局现在学的这份讲话稿相比，除了地名不一样外，其他全一样。我本来不想说实话的，但局长盯得我发毛，就照实说了。于是我听到下面有人在窃笑。

局长尴尬地笑了笑，说："谁说徐全庆同志不懂幽默，这不是很幽默吗？故事编得也跟真的一样。不过我们今天不说故事，下面继续发言。"

幽默，我幽默吗？我这是幽默吗？我问旁边的一个同志，那同志连忙说："你真幽默。"

还有一次，局长主持召开会议，说上面给我们局一个先进个人名额，让我们民主选举一个。局长环视了一下众人，说："我先声明一下，大家不要选我。工作都是同志们做的，我不能贪了同志们的功劳。”局长话音刚落，局领导班子的其他成员纷纷说，局长大公无私，带头做好了榜样，他们也不要这个先进个人，要大家也不要选他们。局长很高兴，连夸大家的风格很高，还说要把这个先进个人给平时默默无闻、无私奉献的人。

这时，就有人提议把先进个人给我。我没想到会有人选我，连忙站起来，不住地摇手，说：“不不，不要选我，这个先进个人我也不要。”

局长饶有兴趣地看着说：“噢，为什么？”

如果是在平时，我一定会说想把荣誉让给那些工作更出色的人。可是看着局长殷切的目光，我一紧张，又说了一句实话：“你们领导都不要这个先进，看来这个先进一定没有什么实惠。”

大家哄地笑了起来。局长的脸红了一下，随即干笑了两声，说：“徐全庆同志太幽默了。”

“是呀，太幽默了。”很多人附和道。

接下来没多久，县工商局要招一名公务员，招聘的条件我都符合，局长就劝我试试。我说我不参加，参加了也没用。局长问为什么？我说：“这个招聘条件中有一些不合常理的条件，比如年龄24岁以下，乐器演奏十级以上，这说明，这次录用人选其实已经内定好了，招聘只是个形式而已。”

局长哈哈笑了笑，说：“你简直是幽默天才。”周围的同志也跟着冲我说：“天才，幽默天才。”

我问自己，真的很幽默吗？我不过说了几句实话而已。原来这就是幽默呀，那幽默也太简单了，我决定好好表现自己的幽默。

机会很快来了。按照上级的要求，局长给我们局全体干部职工上廉政课。会上，局长痛陈贪污腐败的种种危害，一边说还一边拍着桌子，显得痛心疾首。最后，局长举起拳头，像入党宣誓一样庄重地说：“我在这里郑重表个态，我本人坚决遵守上级有关廉洁自律的所有规定，绝不收受任何人的东西，请同志们对我进行监督。”局长的话立刻引来一阵热烈的掌声。

我觉得到了我发挥幽默才能的时候了，于是对旁边的同志说：“现在都什么年代了，谁还送东西，都改送红包了。”

我的声音很小，但局长仍然听到了。局长的脸立刻红得像熟透了的紫葡萄，怒火像是要涨破了脸皮，他重重地一拍桌子，然后指着我的鼻子问：“徐全庆你什么意思？对我有什么意见你说!”

“没、没意见，我只是想幽默一下。”我低下头，怯怯地说。

局长用鼻子挤出一个“哼”字，然后说：“幽默，你看你浑身上下有一点幽默细胞吗？狗屁。”局长说完，扔下我们离开了会议室了。

我呆呆地站在那里，我发现，我其实一点也不幽默，幽默的只是生活。

流言

几个朋友在一起闲聊，聊着聊着就聊到全市“廉政模范”李子刚的身上，有人就说：“好像有一段时间没听到李子刚的消息了。”我开玩笑道：“市纪委正在查他的经济问题呢。”“真的吗?”大家问。我佯做郑重地说：“当然是真的了。”

第二天，一个熟人一见到我就说：“听说了吗，‘廉政模范’李子刚涉嫌贪污，市纪委正在查他的经济问题呢。”我强忍住笑说：“这消息从哪儿来的，是假的吧?”“这消息是一个非常要好的朋友告诉我的，绝对准确。”熟人毫不犹豫地说。

第三天，又一个熟人对我说：“听说了吗，‘廉政模范’李子刚贪污了一百多万元，市纪委和检察院正在查他的问题呢。”我说：“这消息可靠吗，不太准吧?”“不可能，这是内部消息，绝对可靠。”熟人信誓旦旦地说。

第四天，又有一个熟人对我说：“听说了吗，‘廉政模范’李子刚贪污了170多万元，还受了不少贿，市纪委、检察院、公安局正在查他的问题呢。”“真的吗?”我问。“绝对是真的，这是市纪委几个人在一起吃饭时说的。”熟人斩钉截铁地说。

以后的日子，我几乎天天都能听到关于李子刚出问题的消息，于是我渐渐地相信了这消息，并且开始再次传播这消息。

一天，我喝一位朋友小孩的喜酒，酒桌上，我就向别人说起我听到的李子刚的消息。这时，一个我不认识的人说：“这消息从哪儿来的？我们可不能冤枉好人。”“现在满世界都知道李子刚在长江路、黄河路修建中贪污公款175万元，并且还受贿18万元。”我说。那人问了我的姓名、单位和联系电话后，便没再说什么。

没多久，我接到市纪委办公室通知，说叫我到市纪委常委刘纪新的办公室去一趟。我感到十分奇怪，因为我根本不认识刘纪新。到了他的办公室，我才知道，原来他就是我在朋友小孩喜宴上碰到的那个陌生人。他对我说："胡传信同志，非常感谢你给我们纪委提供的消息，根据你提供的消息，市纪委迅速对李子刚的问题进行了调查，发现确实存在较严重的经济问题。"

从市纪委出来，我心里说不出的后怕，天啊，我的一句玩笑竟然闹得满城风雨，而且我居然还成了举报人，幸亏查出了问题，否则的话，真是太可怕了。

然而真正可怕的是，在我回单位的路上，就听到有人在议论："听说了吗，文化局的副局长胡传信出问题了，市纪委正找他谈话呢。"

刘秘书

刘秘书业余时间喜欢写微型小说。刘秘书写的小说基本上都是官场小说，而且讽刺性都很强。因为这个缘故，刘秘书的文章一般不往本地报刊投稿，他怕引起领导和同事们的不快。但刘秘书业余搞文学创作的事情最终还是被局长知道了。一天，局长微笑着对他说："小刘，听说你在报刊上发表过不少文章?"

刘秘书有些不自然地说道："是写过一些。"

"这是好事嘛，怎么没听你讲过。你回来把你写的文章找几篇给我看看。"

刘秘书一下子犯了难，因为他的每一篇小说几乎都有他们局的影子，让局长看了，不知会怎么想。但局长说过要看，不给显然也不合适。怎么办呢？刘秘书思来想去，也想不出什么好办法，只好挑了几篇讽刺性不强的文章给局长送去。

此后的日子里，刘秘书就忐忑不安地观察着局长的反应。他发现局长仍然和平时一样，没有什么不同，这让他稍稍放了些心。

又过了几天，有一天，局长对刘秘书说："小刘，你的那些文章写得不错，很有水平，今后要大胆地练、大胆地写，争取早日成为一名大作家，也好给我们局争争光。"

刘秘书一颗始终悬着的心一下子放到肚子里了。看来局长还是比较开明的，对他写讽刺小说还是支持的，甚至还鼓励他大胆地写，这样的领导现在可不多了。刘秘书想。

以后的日子里，局长外出喜欢带上刘秘书，时常他会主动向其他人介绍："小刘同志经常在报刊上发表文章呢。"有时心情高兴时，局长也

会说："小刘，最近有没有什么好作品给我欣赏欣赏。"于是刘秘书就挑一些作品给局长。局长似乎很欣赏刘秘书的文章，每次都要把他夸奖一番。这让刘秘书说不出的高兴。渐渐地，他甚至敢把一些讽刺性很强的作品拿给局长看，局长每次仍说好，让刘秘书感动得不知说什么好。

局长对刘秘书的赏识引起了办公室邓副主任的不安。一天，邓副主任问局长："您真的很喜欢刘秘书的官场讽刺小说?"邓副主任这样说时，特意把"官场讽刺"几个字读得很重。

局长似乎意识到了什么，说："我哪有时间看他的什么小说，每次不过随便鼓励鼓励他而已。"

"那我倒建议您好好看看。"邓副主任说着拿出自己随身带的刘秘书写的小说递给了局长。

局长就认真看了起来。看着看着，局长的脸就变青了，最后把那些文章一摔，什么也没说。

不久，机构改革，刘秘书就下了岗。

A 秘书

A 秘书以聪明能干闻名全局，更深得几位局长的赏识。

一天，三位局长在一起研究公事，A 秘书也在场。公事办完，三位局长便相互找乐子寻开心。A 秘书就对三位局长说：“我能根据你们的脚步声听出是哪个人。”

局长们来了兴趣，说：“真的，咱们试试。”

于是 A 秘书被蒙上了眼睛，三位局长轮流从他身边走过。果然，局长们的脚步声一响，A 秘书就猜出是谁。

三位局长大奇，都说：“小 A，想不到你还有这一手。”

A 秘书笑着说：“这还不算什么。你们三位同时从我身边走过，我也能辨别出哪个脚步声是谁的。”

再试，果然。

这时，门外进来一人。那人正欲张口，三位局长连忙制止，同时对 A 秘书说：“小 A，猜猜进来的是谁?”

A 秘书猜不出。

那人在屋内走了两圈，A 秘书仍猜不出。

那人是 A 秘书结发多年的妻子。

职　务

吴天明那天喝多了，醉得一塌糊涂，在单位大喊大叫，谁劝也不听。局办公室主任刘明走过来，拍了拍吴天明的肩膀说："天明，怎么喝这么多，找个地方休息一下，别影响其他人办公。"

吴天明看了看刘明说："你谁呀？谁喝多了？"

"我是刘明，怎么，连我都不认识了？"刘明皱了皱眉头，沉声说道。

"刘明是干啥的？凭啥管我？"吴天明冲着刘明喊道，大有神圣不可侵犯的味道。刘明气哼哼地走了。

没多久，以严厉著称的局长王长庆过来，看到吴天明在耍酒疯，两只眼睛瞪得溜圆，眉毛都竖了起来，喝道："吴天明，你在干什么？中午不准喝酒，你不知道吗？"

"你谁呀，也来管我？什么中午不准喝酒，哪个领导天天不喝得醉醺醺的，你敢问吗？"

"我是王长庆，你也太过分了，吴天明。"

"王长庆，干什么的，我怎么没听说过？"

王长庆气得满脸通红，转身走了，一边走一边给吴天明的科长何坤打电话。

不一会儿，何坤过来了，喝了声："吴天明，看你喝成啥样了？"

"你谁呀，敢来管我？"

"我是何科长。"

"何科长？"吴天明的酒顿时醒了，两手下垂，低着头说道："有什么事您吩咐。"

王县长相亲

王县长下午刚一上班，刘秘书就来向他请假，因为刘秘书的父亲去世了，他得赶回千里之外的老家去给父亲送葬。王县长打心里不想让刘秘书请假，因为他觉得没有秘书实在是不方便，所以平时他从不准刘秘书请假。但现在刘秘书的父亲去世了，不准假实在说不过去，于是他问道："这两天的工作都安排好了吗？"

刘秘书说："都安排好了。明天上午的会议讲话稿和下午的会议主持词都写好了，打字员马上就会给你送过来；后天你去三河镇调研，调研的时间、路线、参加人员和就餐地点我都已经和三河镇孙镇长讲好了，到时候孙镇长会和你联系。"

王县长只好同意，说："办完丧事尽快回来。"

刘秘书走了没多久，王县长就接到黄虹娟电话，说想和他见个面，她现在就在好聚来咖啡厅等他。这让王县长十分激动。王县长的爱人去世有一段时间了，一些热心人给他介绍过不少人，他都没有什么感觉。但这个黄虹娟不一样，虽然只见了一次面，却给他留下了极好的印象，王县长可以说是对她一见钟情，生怕黄虹娟会看不上自己。现在黄虹娟主动给他打电话，王县长恨不能一步飞到好聚来。

王县长到好聚来时，黄虹娟正在那里等他。见王县长到了，黄虹娟就给王县长要了杯咖啡。王县长从包里拿出一达材料，翻了翻，脸色就有些变了，于是默默地喝咖啡。黄虹娟见王县长不说话，于是也不说话，空气就显得沉闷。

过了一会儿，黄虹娟忍不住了，问王县长："你怎么不说话？"

王县长就又从包里把那些材料拿出来，仔仔细细翻了一遍，脸上汗

就下来了。

黄虹娟问道：“你怎么了？上次见面时你口若悬河，妙语连珠，今天是怎么了?”

王县长怒道：“这个该死的刘秘书，居然没有考虑到咱们这次见面，没有给我准备讲话稿，让我怎么讲?”

买邻居

刘副局长一回到家，就对老婆说："你赶紧把家里的钱都拿出来，我在市委家属院买了一套房子，协议已经草签了，得赶紧买下来。"

"怎么这么快呀，前几天你不是还说市委家属院里没有合适的房子吗？怎么突然买好了，是哪幢楼呀？"刘副局长的老婆问。

"就是我上次带你看的第18幢楼301室。"刘副局长说。

"多少钱呀？"

"60万，你赶紧准备吧。"刘副局长说道。

"60万，你疯了，前几天人家要35万你还嫌贵，这才过两天怎么变成60万了？"刘副局长的老婆不解地问。

"前几天35万嫌贵，那是因为对门302室没有人住，现在302室有人住了。"刘副局长说。

"我们买的是301室，和302室有没有人住有什么关系？"

"你懂什么呀？302室现在住的可是新调来的一位市委副书记。"刘副局长说。

精确数字

刘局长刚到局里，徐秘书就拿了一份材料来对他说：“县政府办公室催着要我们的工作总结，我已经起草好了，只是有几个数字还没填，你看该怎么填?”

刘局长扫了一眼徐秘书替过来的材料说：“你把我们年初制定的目标找出来，对照年初制定的目标把数字填上去，注意每个数字都比年初目标略微增加一点，填好后再拿给我看。”

徐秘书答应了一声，走了。时间不长，他就把填好数字的材料重新送到刘局长面前，说：“刘局长，数字都填好了，请你审定一下。”

刘局长接过材料，随便翻了翻，指着里面的几个数字说：“你填的这些数字，个个都是整数，叫人一看就知道是假的。要学会使用精确数字，这样，别人对我们说的数字才会相信。”刘局长说着，对一些数字进行了修改，如把“蔬菜种植面积 32000 亩，较上年增加 15%”改成“蔬菜种植面积 32357 亩，较上年增加 15.3%”，把“小麦总产 15 万吨，同比增长 6%”改成“小麦总产 15.12 万吨，同比增长 6.09%”等等。然后，他指着那些改过的数字对徐秘书说：“你看，我这样一改，是不是具体多了，也可信多了?”

“是具体多了，”徐秘书说，“可是……”

“别可是了，赶紧报上去吧。”刘局长打断了他的话。

总结很快被报了上去，其中有几个数字也很快被传为笑谈，如“新植苹果树 5682.4 棵”、“帮扶困难群众 123.6 人”等等。

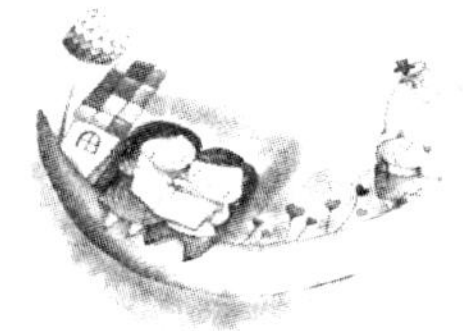

异地违章

单位小刘，开起车来谨小慎微，从不违章。有一次，我跟局长参加一个紧急会议，因为会议时间就要到了，局长一个劲地催他快点，可小刘依然不紧不慢，说路上限速，不能太快。更气人的是，车到路口，明明是绿灯还有四秒钟，可他却停了车。局长责问他为什么，他说这样保险，不得违章。气得局长连连地叹气。

没想到，这个胆小的小刘，到了外地却胆大异常。一次，我和他出差到外地，他在路上竟然玩起了飙车。到了市区依然高速行驶，对两旁的交警视而不见。更过分的是，车到十字路口，明明红灯已经亮了，他却大摇大摆地闯了过去。

我问他不怕交警吗？他毫不在意地说："你放心吧，在这个地方违章，交警不会问的。"我疑心他认识那地方的什么大人物，他却告诉我不认识那地方的任何人。

"那你怎么敢这么肆无忌惮地违章？"我十分奇怪地问。

他笑笑说："这你就不懂了，到了外地，违章没什么事的，交警一般都不问。"

"为什么呢？"我更加奇怪地问。

他答道："现在全国上下都在抓招商引资，各地都出台了一系列招商引资优惠政策，对外地车辆的一般性违章不予处罚，这也是很多地方的优惠政策之一。"

正说着，一个交警把我们拦住了，因为我们逆行了。我心想坏了，这次要惹麻烦了。小刘却毫不紧张，大大咧咧地说："对不起，我们是来考察投资的，第一次来这儿，情况不熟悉。"交警听了，对我们敬了个礼，放我们走了。

照　相

领导到某单位检查反腐败工作的开展情况。单位很重视，一把手亲自汇报，中层以上干部全部参加了会议。会议室布置也很讲究，桌上摆着精美果盘、高档香烟，墙上挂着一条横幅，上面写着“反腐败工作必须深入持久地开展下去”。

汇报结束后，单位一把手说对领导说：“您难得到我们单位来指导一回工作，与大家合个影吧。”于是众人在横幅下站好，准备合影。

摄影人员试了试镜头，对领导说：“您站的位置有点向右偏，请您向左挪一下好吗?”领导似乎没听到，没动。单位一把手连忙对摄影人员斥责道：“领导在哪儿哪儿就是正中位置，还挪什么挪？你只要保证照片上领导的位置在正中就行了。”摄影人员还想再说点什么，犹豫了一下终于没说。

第二天，报上刊登了领导到该单位检查工作的新闻，还配发了领导与大家合影的大幅照片。照片画面清晰，人们笑容满面，一切都很好。唯一的缺点是，后面墙上的标语没有照完，少了一个“反”字，变成了“腐败工作一定要深入持久地开展下去”。

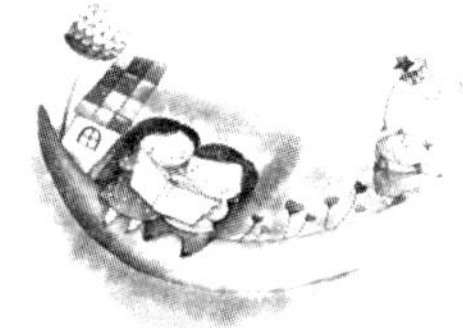

榜样的力量

安德平工作能力非常出色，平时又特别喜欢学习，刚工作两年就当上了副科长。大家都认为安德平前途不可限量，很快就会再提升。可十年过去了，不少过去的一般工作人员都当上了科长；与他一起提拔的，有的已经当上了副处长，可安德平却还只是个副科长。安德平就整天愁眉苦脸，唉声叹气。

这样过了一段时间，平时特别喜欢钻研业务的安德平就不再学习业务知识了，每天看报，而且有个特点，特别喜欢看有关各种腐败案件的报道。凡是这类文章，他会一字一句反复阅读，看完后还会把报纸剪下来，带回家去。不仅从报纸上看，还从网上搜索。有一次他甚至托人借了两本纪委编纂的案例汇编来看。

大家奇怪，问他为什么，他笑笑说："多看看这些案例，受点警示教育，从思想上绷紧反腐倡廉这根弦，以免自己犯错误。"大家听了，都不由得肃然起敬。

不久，安德平就当上科长，两年后又升为副处长。

安德平有个亲戚，想当官，可上面又没人，只好选择送礼这条路。可又不知道送多少合适，就去请教安德平。安德平说："这事别问我呀，从报纸上找些腐败案件看一下，看看别人都送多少，你心里不就有数了？"

打电话

县委值班室刘玉辉拿起电话，拨通县委宣传部的电话，电话里传出占线声。刘玉辉轻轻放下电话，点上一支烟。

一支烟抽完，刘玉辉又拿起电话，再拨宣传部的电话。仍然占线。刘玉辉把电话一挂，端起茶杯慢慢品他的茶。

几分钟后，刘玉辉又抓起电话，按了个重拨。电话传出的仍是忙音。刘玉辉把电话一撂，不耐烦地抓张报纸看了起来。

这时值班室就来了两个同事，刘玉辉就和他们侃大山。侃了一会儿，刘玉辉又抓起电话，再按重拨。仍是忙音。刘玉辉重重地把电话一摔，说道："这个宣传部，一定是王勇又在和哪个球迷聊昨天女足世界杯的决赛呢。"说完，刘玉辉趴在窗口喊道："王勇，你把电话挂上，接个通知。"

听到隔壁宣传部有人答应了一声，刘玉辉拿起电话，按了个重拨，说："喂，县委宣传部吗？我是县委办公室，有个紧急通知请你们记录一下。"

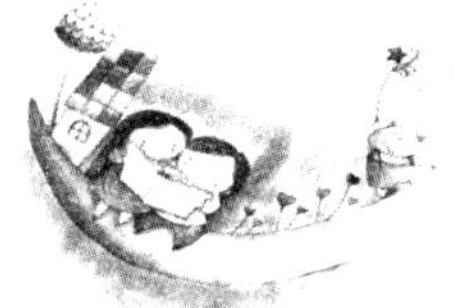

县场经济

上午一上班，徐秘书就被办公室李主任叫了去，李主任指着桌上一份文件说："这是市里出台的一份文件，县委常委会昨天已经学习过了，要求我们县也仿照市里文件出台一份自己的文件。文件我看了，只要把平川市改成河水县就行了。趁书记、县长都在家，你赶紧起草一下，请书记、县长签发。要抓紧，他们都等着出差呢。"

徐秘书接过文件，大致看了一遍，也觉得不需要改动。于是就照抄了一遍。当然，在抄写时，徐秘书特别注意，遇到"平川市"就改为"河水县"，"市委、市政府"改为"县委、县政府"，"市直"改为"县直"，这样，文件虽然很长，徐秘书却很快就抄完了。徐秘书亲自办理，各个环节运行顺畅，县长、书记很快签发了。书记签发时还笑眯眯地表扬了徐秘书一句："小徐你工作效率很高嘛，不愧是全县第一笔。这个文件争取以最快的速度印发下去。"

受到表扬的徐秘书很高兴，立即给市委办公室的一位秘书联系，把市里的文件用邮件传了过来。徐秘书一看，连排版都不用变，心中很是高兴。于是他亲自动手，使用电脑的编辑功能先把"平川"全部替换成"河水"，再把"市"全部替换成"县"。于是文件清样很快完成了。徐秘书打了个响指，就让文印室复印了。

县委办公室的工作效率有时高得惊人，上午还没下班，那份名为《中共河水县委、河水县人民政府关于加强社会主义县场经济建设的实施意见》的文件就已发到各乡镇和县直单位了。

改　名

小时候我一直叫狗娃，直到上学后才有个学名叫徐卫东。但这名字仅在学校使用，在村里，大家仍然叫我狗娃。

叫了几年徐卫东以后，我们一家才知道附近一个自然村里也有一个叫卫东的，姓王。

没过几年，王卫东居然当了我们行政村的村长。当上村长没多久，有一天，他来到我们家。老实巴交的父亲忙着敬烟。王卫东把父亲的手往旁边一拨，两只眼珠向上翻着，并不瞅我父亲一眼。“我说国强——，有一件事我早就想和你说了，只是一直没空。就是你儿子重了我的名字，得改。”

父亲忙说：“我们孩子在村里只叫狗娃……”

王卫东不等我父亲说完，白了我父亲一眼，两手背在身后，转过身一挺一挺地走了，同时不紧不慢但极度威严地扔过来一句话：“村长的名字也是你们重的，得改！”

王卫东走后，父亲就张罗着给我改名字。但因为涉及到学籍，很难，况且那时我还在城里读书，就没有改，只是对别人说我改了名。

后来，我上了大学，当上国家干部，没几年竟然被调回家乡当了镇长。

上任的第一天晚上，王卫东到了我家。我忙招呼道：“噢，卫东村长来啦。”他毕恭毕敬地站在门口，眼睛盯着地面，陪着小心说：“徐镇长，我从今天起改名叫王平平了。”

“为什么？”我诧异地问。“您的名字我哪配叫呢？”这样说时，他一脸的谦恭。

个　头

王局长那天参加一个酒局，饭桌上大多数人他都不认识，但这并不影响他的心情，因为大家都众星捧月似的围着他转。大家一边喝酒，一边顺着王局长的话题陪着他东拉西扯。这时有一个人说：“王局长，在您的培养下，你们局可都是精英。上次我的一个朋友请你们局刘主任吃饭，刘主任谈起话来海阔天空，旁征博引，让我们全桌人佩服透了。”

“刘主任？哪个刘主任？”王局长十分纳闷。

“名字不太清楚，只知道是你们局的一个主任，好像就是姓刘，个头有一米八，眼睛老是往上斜着，派头十足。”那人说。

王局长越听越糊涂，怎么也想不起来这么一个刘主任。局办公室倒是有一个副主任姓刘，叫军，但刘军比他王局长还矮一头，成天唯唯诺诺，一副低眉顺眼的样子，一句话也不敢多说，怎么会是他呢？王局长想一定是那人搞错了。

不久，王局长就退休了。一天，他到局里去办一件事，只见一个比自己高半头的大高个，身子往后挺着，两眼射出令人敬畏的光，不紧不慢地问：“老王，到局里有什么事吗？”

王局长端详了半天，终于认出那人是已经荣升为副局长的刘军。

安全通道

张三经人介绍到某局当一名勤杂工。其实活挺简单，就是每天把楼道卫生给打扫好。张三第一天上班，局办公室刘副主任就告诉张三，靠近几位局长办公室那头有一个安全通道，每天一上班就要把安全通道的门打开，几位局长都下班后再关上。张三看了看，所谓安全通道，就是一个步行楼梯。张三很珍惜这份来之不易的工作，干活很卖力，但他对每天开关这个安全通道却有些想不通。办公楼有电梯，电梯旁边还有一个很宽的步行楼梯，根本就用不着这个安全通道。何况，经过连续多天的观察，张三发现，那个安全通道根本就没有人用，那每天又是开又是关有什么用呢？

有一天，张三就把自己的疑问向刘副主任提了出来。刘副主任沉下脸说道："这是一件政治任务，你必须认认真真地做好。你还不知道吧，上一个勤杂工就是在这个问题上出了错才被辞退的。"政治任务？莫非政治任务就是没用的事？张三心里这样想，但却不敢说出来。

有一天，张三正在一楼干活，突然发现有一群人来找局长上访。门卫拦不住，赶紧打了个电话报告情况。那群上访的刚从电梯上楼没多久，就见几位局长匆匆从安全通道下来，开车出去了。那一刻，张三终于明白安全通道是干什么用的了。

局长生病了

李局长无论干什么，都喜欢别人为他做好一切准备。这一天，上班没多久，李局长就生病了，发起了高烧。李局长就喊来刘秘书，说："我生病了，得上一趟医院。"刘秘书立刻到医院给李局长挂了号，并且到了专家门诊，替李局长排起了队。前面没人了，刘秘书赶紧让司机去接李局长。李局长到了医院，医生看了看说："没什么大问题，只是感冒了，打一针就好了。"医生说着就给开了一针青霉素。

刘秘书就找了个地方，让李局长休息，然后就去划价、取药、联系打针的护士。一切准备好了，刘秘书告诉李局长，可以打针了。

李局长就昂首挺胸进了注射室，冲着护士说道："打吧。"

护士说道："还得等一下，要先进行皮试，然后才能打针。"

李局长白了刘秘书一眼："你不是说一切都准备好了，到这里就可以打针了吗？"

"可皮试是打针前必须要做的准备工作。"刘秘书小心翼翼地说。

"既然是准备工作，你为什么不先做好？"李局长瞪了刘秘书一眼说，"现在你赶紧替我做吧。"

死亡贴

回到家，我像往常一样从容地打开门。刹那间我愣住了，呆呆地站在门口，一双脚怎么也迈不动了。对着门的墙上赫然插着一把匕首，把一张帖子牢牢地钉在墙上。不用打开看，毫无疑问，那是一张死亡贴。

十几年了，每年，我的族人都有一个人接到死亡贴，接到死亡贴的人没有一个能躲过一死。

第一次接到死亡贴的人是我的一个堂叔，但他并没有放在心上。然而，那天夜里，他的房间里却传出令人恐怖的惨叫声。我的族人们赶到时，他半躺在地上，显然受了极为痛苦的折磨，已经奄奄一息了。他告诉大家，死亡贴的主人是一个黑衣蒙面人，武功奇高。那人说，接到死亡贴的人只有老老实实的等死，谁胆敢反抗，就要受尽折磨而死，就像他现在这样。堂叔费力地说完那些话，头一歪，死了，眼睛仍瞪得大大的，显示出他极度的恐惧。

第二个接到死亡贴的是我五叔。有了上次的教训，我们家族的几位高手都埋伏在五叔的屋里，想一举杀掉那个下死亡贴的索命鬼。然而，半夜里，五叔的屋里也传出了撕心裂肺的惨叫声。一些胆大的族人们跑到五叔屋里时，五叔和其他几人都已死了，只有我三叔还一息尚存，但也已被折磨得虚脱了。三叔说，那个索命鬼说了，接到他死亡贴的人必须死，谁胆敢前去救人，结果就和他们几个一样。三叔临死前反复告诫大家，今后凡是接到死亡贴的人就老老实实等死吧，免得受非人的折磨；其他人也不要想去杀死亡贴的主人了，那是不可能的，因为他的武功高得不可思议。

三叔死后不久，族里的一些人就离家出走了，他们都是出去躲死亡

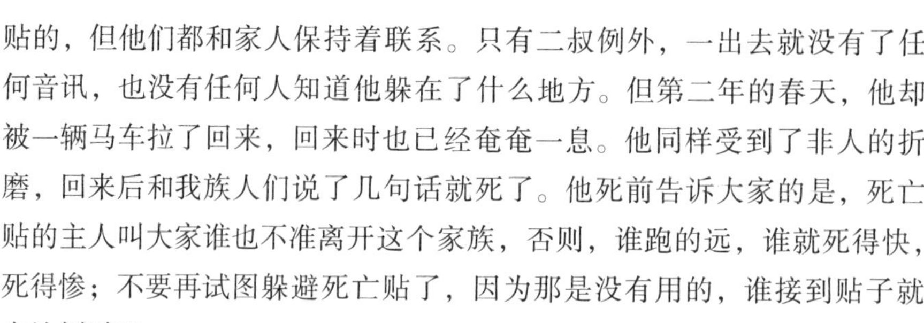

贴的，但他们都和家人保持着联系。只有二叔例外，一出去就没有了任何音讯，也没有任何人知道他躲在了什么地方。但第二年的春天，他却被一辆马车拉了回来，回来时也已经奄奄一息。他同样受到了非人的折磨，回来后和我族人们说了几句话就死了。他死前告诉大家的是，死亡贴的主人叫大家谁也不准离开这个家族，否则，谁跑的远，谁就死得快，死得惨；不要再试图躲避死亡贴了，因为那是没有用的，谁接到贴子就自认倒霉吧。

从那以后，我的族人们再也没有人敢远离家族，也没有人敢再去救接到死亡贴的人。凡是接到死亡贴的人，也没有人再敢反抗，老老实实的等死。当然，他们也都死得很平静，没有多少痛苦。

今年，这个可怕的死亡贴却落到了我的头上。我还年轻，还没好好享受生活，甚至还没有尝过女人的滋味，我怎么能就这样去死呢？我不知道死亡贴的主人和我的家族到底有什么样的深仇大恨，我也不知道他的这种复仇方式还要继续多久。我只知道，今天晚上我就要死了，逃是逃不掉的，也没有人敢来帮我，我只有独自一人面对死亡。

我静静地坐在屋里，一把长剑紧紧握在手中。我知道反抗是徒劳的，何况我的武功并不高，比起前些年死去的那些族人们，我的武功差多了。但我不愿意就这样懦弱的等死，即使死的再痛苦，我也要像个男子汉那样和那索命鬼大拼一场才死。

午夜时分，我的门被推开了，一个黑衣蒙面人缓缓地走进了我的屋子。

我知道我的死期到了，但那一刻我更加留恋起这个世上的一切，我不想死，一点也不想死。我于是一剑向那黑衣刺去。黑衣人显然没有想到我会向他进攻，极为慌乱地向旁边一躲，然后举剑和我交起手来。我知道我必死无疑，所以我并不躲避他的剑，迎着他的剑向他刺去。他慌了，连忙回剑招架。我发现他的武功并不高，于是打起精神和他交手。黑衣人很快就败了，我的剑深深地刺进了他的胸膛。

我不相信我能战胜他，惊奇地问："你真的是死亡贴的主人？你的武功怎么会这么差？"

黑衣人说道："死亡贴的真正主人是我师父。二十年前，他和你们家族里的一位姑娘相爱了，那姑娘怀上了他的孩子。但你们的族规是绝不允许这种情况发生的，按族规，男女双方都要被活活烧死。那姑娘至死也不肯说出我师父的名字，最后被你们的族人活活烧死了。我师父从此遍访名师，苦练武功，终于练成一身绝世武功，然后才回来找你们报仇。只是他七年前就已经病死了，这几年，都是我按照他老人家的遗愿来替他报仇的。”

黑衣人说完就死了，留下我愣在那里，深深地为那些死在他手上的人惋惜。

追风针

追风针是天下最厉害的暗器。追风针射出，没有人能躲过。

追风针传到贺同宇手中时，针管里只剩下三根针了。追风针的制造技术早已失传，没有人能制了。贺同宇请了不少能工巧匠，仿制了一个外形一模一样的追风针，但却徒具其表，射不出一根针。

真假两个追风针，贺同宇都十分重视。平时，他身上带着假的追风针，用以吓唬对手。真的追风针则藏在一个十分隐蔽的地方，需要和厉害的对手交手时，他才带在身上，以防万一。

贺同宇不知经历了多少次出生入死的拼杀，每一次，他都把真的追风带在身上。真的追风针让他有了底气，给了他无穷的力量。所以每一次他都取得了胜利，他也就从没有用过那追风针。

这一天，贺同宇外出时，突然遇到几个对手。贺同宇前不久才和这几人交过手，贺同宇战胜了他们。但此刻贺同宇却十分担心，因为他知道，上次交手时，他身上带着真的追风针，而此刻，他身上带的却是一个假的追风针。虽然别人不知道，但他知道，而假的追风针是不会给他力量的。

交手时，贺同宇打起精神和对手应付。对手还是那几个对手，甚至比上次还少了一个，武功也显然没有任何进步，但贺同宇却败了。对手的剑深深地刺进了他的胸膛，他倒在了地上，绝望地望着对手。

一个对手突然发现他身上的追风针，连忙一把抢过去，十分不解地问：“你为什么不用追风针？”

“它是假的，要是真的我早用了。”贺同宇说。

“假的？”对手有些不信，拿起追风针瞄准天上飞过的鸟按下机关。

一根针射出，鸟儿从空中掉了下来。

贺同宇大吃一惊，自己身上带的怎么变成了真的追风针？自己是什么时候把它们搞混的？难道自己经历那么多拼杀时带的都是假的追风针？贺同宇搞不清楚。于是他长叹一声：有些东西，你把它当作真的，它就是真的；你把它当成假的，它就是假的。

绝命三招

何晓风的父亲何文旭死了，死在十八位武林高手的围攻之下。何晓风从此开始了漫长的复仇之路。

何晓风知道，要想报仇，只有练好武功，因为以他目前的武功，那十八位高手中的任何一个都可以轻松地置他于死地。整整三年时间，何晓风除了练武还是练武，练那些可以克制对手的招数。可是他有十八个仇人，要练好克制他们十八人的武功，又谈何容易？虽然苦苦练了整整三年，何晓风清楚地知道，要想报仇，还是一件不可能完成的任务。这让何晓风感到十分苦闷。

恰在这时，何晓风碰到了一位隐居世外的老者，这位老者曾经是他父亲何文旭十分要好的朋友。老者让何晓风把自己所有的武功认真表演一番，那老者看完，摇了摇头，说："你练的武功太多、太杂，每一样都不能练到纯熟，这样是没用的。这样吧，我教你绝命三招，从今往后，你什么都不要练了，只练这绝命三招。只要你把这三招练到极致，报仇就没有任何问题。"老者说完，把绝命三招一招一招教给了何晓风。

绝命三招，三招连环，一气呵成。第一招攻敌之不得不防，第二招让敌人猝不及防，第三招则让对手防无可防。老者说，你一定要把这三招练到纯熟，练到出招时不假思索，这样你就可以报仇了。

从此，何晓风就专心致志地练那绝命三招。他用了整整三年时间，终于把那绝命三招练到了炉火纯青的地步。他出招之快，超乎所有人的想象，第一招攻出，在对手根本没想出怎么招架的时候，他的第二招、第三招就已经攻出了。一出手就是三招，已经成了他的习惯。

于是何晓风开始寻找他的那些杀父仇人。他找到的第一个仇人是莫

阳。何晓风绝命三招第一招使出，虽然莫阳已做了充分的准备，但何晓风的招式太熟、太快，他根本就没有来得及招架，就死在了何晓风剑下。何晓风跟着使出的两招竟成了多余。

何晓风和第二个仇人崔应成交手时，绝命三招也只使到第二招，对手就死在了他的剑下。

很快，其余的十六个仇人也全都死在了他的剑下。他们虽然都已知道了何晓风绝命三招的厉害，却怎么也想不到何晓风会把那三招使得那么熟练，那么快速。绝命三招，三招连环，一出手就是三招，在何晓风的手里已经变成了一种习惯。于是他们有的死在何晓风的第一招之下，有的在何晓风使出第二招时丧命，少数人虽然躲过了第二招，但没有一个人能躲过第三招。

何晓风的名声如日中天，没有人比他的名声更大。也有一些自恃武功高强的人找何晓风比武，但没有一个人能躲过他的绝命三招。这也难怪，武林人士比武，总是见招拆招，根据对方的变化确定自己的变化。可何晓风的绝命三招根本就不管对方如何，一使就是三招，三招一气呵成。第一招十分凌厉，让敌之不得不防，对手还在招架第一招时，他的第二招就已攻到，而且恰恰攻在对手招架时露出的破绽之处。即使一些武功很高的高手能躲过第二招，但他的第三招却已经攻向对手将要躲避的地方。而这时，对手是无论如何也没时间去招架那已经攻到的第三招了。

凭借绝命三招，何晓风不仅报了仇，而且成了武林公认的第一高手。所有人都相信，没有人能够躲过何晓风的绝命三招。

但这时候却依然有人敢和何晓风较量。这人叫莫声谷，是莫阳的儿子。何晓风知道，在他的十八个仇人之中，莫阳是武功最低的一个，而莫声谷的武功比起莫阳来还要差上一大截。但何晓风依然不敢轻敌，在和莫声谷交手时，他依然使出了他的绝命三招。

但这一次，何晓风在攻出第一招后，他发现莫声谷根本就没有去招架，而是迎着他的剑而来，一剑直刺向他的面门。这完全是一种与敌人同归于尽的打法，也完全出乎了何晓风的意料。

何晓风知道，要想不和对手同归于尽，他必须变招。他想变招，但

那三招他太熟悉了，出手就是三招已成了他的习惯。于是，虽然他想极力避开莫声谷迎面刺来的那一剑，但他却习惯性地继续使出了绝命三招的第二招、第三招。绝命三招，无人能躲。莫声谷自然也不例外，倒在他的剑下。但莫声谷迎面刺来的剑也穿透了何晓风的咽喉。

临死前，何晓风痛苦地想，一出手就是三招，这已经成了他战无不胜的习惯，正是这习惯，助他报了杀父之仇，并且成为天下第一高手。但为什么也恰恰是因为这一习惯，让他死在一个无名小卒的手下？

高手无名

华山顶上有一间小屋，华山脚下也有一间小屋。华山顶上的小屋里住着当今天下第一高手，华山脚下的小屋里住着一位无名老者。

老者每天打柴为生，生活平静而单调，像所有樵夫一样。但老者有着和其他樵夫不一样的地方，因为老者曾经是一名剑客。虽然他现在只是一个樵夫，但剑道是他割舍不了的至爱，所以他仍常常练剑。

此刻，他又在练剑。只是他手中无剑，但他心中有剑。剑在他心中，已经随心所欲。他不像在练剑，倒像是在随风起舞。

练到兴奋处，他突然戛然而止，因为他已感觉到有人来了。

的确有人来了，来的是一名剑客。剑客远远地看到了他最后的一招，虽然他手中无剑，但剑客已隐隐感到他练的是一种至高无上的剑法。

剑客走过来，双手一揖，说道："晚辈魏一明，请问前辈高姓大名，恭请前辈赐教。"

老者觉得，剑客的神情、语气，很像二十年前的自己。

二十年前，老者还年轻。但年轻的老者却练就了一套高深的剑法。年轻的老者相信，凭着这套剑法，就能打败天下所有高手。于是他开始向天下成名高手挑战，结果正如他所料，那些高手都败在了他的剑下。年轻的老者更加气盛，于是到了华山，他要向当时武功天下第一的司马浪挑战。

司马浪不愧是天下第一高手，剑招凌厉而且诡异。两人从日出一直战到日落，年轻的老者终于侥幸取胜，将剑刺入了司马浪的胸膛。

那一刻，年轻的老者欣喜若狂，他振臂高呼："我是天下第一了！我是天下第一了！"

年轻的老者就住进了山上那间小屋，那间象征天下第一身份的小屋。住在那间小屋里，他有了一种君临天下的感觉，这感觉让他说不出的惬意。

但那种感觉却没有维持多久，具体地说，只有短短一年的时间。这一年，他打败了许多前来挑战的高手，最后却败在了一个名叫慕云飞的年轻剑客手下，被迫让出了天下第一的称号和山上那间小屋。但值得庆幸的是，他还活着。许多年来，不少人在让出天下第一称号和那间小屋的同时，也让出了自己的生命。而他还活着，这就给他重新占有那间小屋留下了机会。

老者微笑着望着剑客，说："我只是一个无名樵夫，不懂什么剑法，当然不能和你比试。"年轻的剑客不信，坚持要和老者比试。老者说："你是剑客，要找对手应该上山。"

剑客说道："你放心，我一定会上山重新夺回天下第一称号的。"

重新夺回天下第一？老者望着剑客，往事又浮现在他的眼前。

当年，失去天下第一的称号后，年轻的老者更加刻苦地练剑，他要从慕云飞的手中重新夺回天下第一的称号。

年轻的老者终于确信自己可以再次成为天下第一了，慕云飞早已死在别人的剑下，天下第一的称号早不知换了多少人了。

但他依然登上了华山之巅。

华山之巅，那间小屋依然。小屋旁，两个剑客正在决斗。他知道，又有人争夺天下第一的称号了。于是他静静地躲在一边观战。他发现，自己这么多年的苦练并没有白费，因为以他现在的武功，眼前这两个人显然都不是他的对手，他完全可以轻松夺回天下第一的称号。

这时，胜负已分。一个人倒下去了，另一个则满脸狂喜，振臂高呼："我是天下第一了！我是天下第一了！"那情景和当年的他一样。

他暗笑：你怎么能算天下第一，我一出手你就会知道自己的想法多么荒唐，因为我才是真正的天下第一！他甚至为那位获胜者感到悲哀，因为他甚至还没有机会走进那间小屋，就要被迫把那天下第一的称号让给自己。

这时，他突然听到一阵悠扬的歌声从山下传来："月亮圆后月亮缺，桃花开后桃花落。”歌声从山下传来，仍然清晰入耳，显然那人功力远在自己之上。他忙向山下望去，却见一个樵夫背着一担柴正从山下经过。

他心里猛然一动，原来自己仍然不是真正的天下第一。就算自己夺得了天下第一的称号又能怎样，最终不还是要让出去？于是他抛下手中的长剑，转身下山，去寻那樵夫。

到了山下，那樵夫已不见，只留下一间小屋。老者从此住在那间小屋，每天打柴为生，过上平静而幸福的生活。

多少年了，自己从未与人交过手，可是眼前这个要重新夺回天下第一的剑客却要逼着自己出手。

老者无奈，折过两个树枝，递一根给剑客。剑客明白了，老者要以树枝代剑，点到为止。剑客于是一“剑”刺向了老者。只此一剑，老者就看出了剑客的三处破绽。老者只要任意攻其一处，剑客就会败在他的手下。但老者没有这样做，老者选择了一种笨拙的躲避方法。老者没有躲开剑客的这一“剑”。

剑客抛下手中树枝，傲然地向华山顶上走去。

快到华山顶上时，剑客听到山上传来激烈的打斗声，很快，一声惨叫后，一个人从山下滚下来。剑客认出，那正是当时天下第一高手。剑客发出一声叹息。

这时，剑客突然听到山下传来一阵雄浑的歌声：“月亮圆后月亮缺，桃花开后桃花落。”

剑客回过头，却见老者正从容地从山下小屋门前经过。

飞　刀

闲着无聊，宁关成就坐在院子里用飞刀打苍蝇。

宁关成平时没事就用飞刀打苍蝇玩。宁关成玩着玩着就练成了一手百发百中的飞刀功夫。苍蝇从眼前飞过，宁关成随手扔出一把飞刀，苍蝇就被钉在墙上。宁关成绝不失手，每一刀飞出，必有一只苍蝇丧命。

宁关成打苍蝇打得正高兴，一个人跌跌撞撞地闯进了宁关成的院子，摔倒在地，冲宁关成喊道："救救我。"宁关成看到那人浑身是血，显然受了很重的伤。

宁关成虽然练成了百发百中的飞刀，但宁关成并不武林中人，看着那倒在地上的人，实在不知道该怎么办。这时，就听有人喊道："快追，别让他跑了。"紧接着，又有几个人闯进了宁关成的院子，看到摔倒在地上的那人，举起刀向他身上砍去。

宁关成刹那间生出一股豪侠之气，觉得自己无论如何不能做一个见死不救之人。于是宁关成大喝一声："住手。"

那几个人一愣，举刀的手停了下来，望着宁关成，其中一个问道："阁下是什么人，敢管我天鹰帮的事？"

宁关成说道："我叫宁关成，不想管谁的闲事，但也不能见死不救。"

那人又道："阁下以为就凭你能救得了这个人？"

宁关成愣住了，不知该怎么回答。恰在这时，宁关成看到眼前有几只苍蝇飞过，出于习惯，随手甩出几把飞刀，几只苍蝇全部被钉在墙上。

那些人吃惊地望了宁关成半天，不再说话，转身走了。

宁关成扶起地上那人。那人告诉宁关成，他叫陈鸿飞，是飞虎寨寨主，刚才追杀他的那些人是天鹰帮的高手。几年前，天鹰帮还是一个和

飞虎寨差不多的江湖帮派，但这几年，天鹰帮发展很快，势力越来越大，一直想找机会除掉飞虎寨。今天，陈鸿飞带着飞虎寨的几个弟兄外出办事，不料突然遭到天鹰帮的伏击，他所带的几个弟兄全部惨死，他本人也受了重伤，如果不是宁关成出手相救，也已经命丧黄泉。

宁关成把陈鸿飞送回了飞虎寨。陈鸿飞立即召集飞虎寨全体人员，向大家讲述了自己和飞虎寨弟兄被伏击的经过和宁关成出手相救的情形，然后说："我这次受伤太重，短时间内很难复原。而且，即使我能很快复原，也无力带领大家抗击天鹰帮，所以，我决定将飞虎寨寨主之位传给宁大侠，由他来带领兄弟们抗击天鹰帮。"

宁关成一听，连忙说："不行，不行，我怎么能做你们的寨主呢？"

陈鸿飞说道："宁大侠，天鹰帮这次敢伏击我，说明他们已经准备向我飞虎寨动手了。如果你不做飞虎寨寨主，我这些弟兄根本抵挡不住天鹰帮的进攻，必将全部惨死在天鹰帮刀下，你难道就忍心见死不救吗？"

宁关成说道："我绝不是那种见死不救的人，可我什么都不会，怎么能做你们的寨主呢？"

"宁大侠太过谦虚了，就你那一手飞刀绝技，天下已无人能敌了。"陈鸿飞说，"只要你做了我们飞虎寨寨主，天鹰帮就奈何不得我们。"

"真的吗？我的飞刀真的那么厉害吗？"宁关成吃惊地问道。

"一点不错，现在只有你能救我们飞虎寨了。"陈鸿飞说道。

"那我也不能做你们的寨主，只要能救得了飞虎寨，你要我怎么做我就怎么做，这样可以了吧？"宁关成说道。

陈鸿飞一揖到底，说道："那我就代飞虎寨全体弟兄谢谢宁大侠了。"

陈鸿飞说完立即修书一封给天鹰帮，要与天鹰帮比一比暗器功夫，一场定输赢，如飞虎寨输了，飞虎寨上下任由天鹰帮处置；如天鹰帮输了，大家从此井水不犯河水。

比武的日子到了，天鹰帮和飞虎寨的人分别站在比武场两边。场上两个人，头上各顶着一个苹果，苹果上画着一个黑点。天鹰帮率先出场一人，走到场中，站定，手一扬，一把袖箭飞出，正中苹果，但却没能打在黑点上。

飞虎寨上下欣喜若狂，因为他们相信，以宁关成的飞刀绝技，即使

闭上眼睛，也能丝毫不差地打中那个黑点。

陈鸿飞抓住宁关成的手说："宁大侠，飞虎寨全体弟兄的命可都在你手上了。"

宁关成望着那只苹果，突然觉得手上的飞刀出奇的重，怎么也拿不起来。平时打苍蝇他随便得很，看到苍蝇想都不想就把刀甩出去了，从来也不用去想能不能打中。可现在，万一失了手，飞虎寨全体弟兄的命可就全没有了……这样想着，他的手抖抖的，怎么也举不起来。

天鹰帮众人等得不耐烦了，喊道："快点，别磨磨蹭蹭的。"

宁关成抖抖地抬起手，心里说道，别紧张，别紧张，你无论如何不能失手，无论如何都不能。宁关成觉得自己镇定了点，看着那苹果上的黑点瞄了又瞄，等到确信自己瞄准了，才非常慎重地把飞刀发了出去。然后他闭上眼睛，不敢看那结果。

只听"啊"的一声惨叫，宁关成睁开眼睛，只见自己那把飞刀正插在那个头顶着苹果的人的眼睛上。

宁关成一声长叹："怎么会这样呢?"

胜败根由

“顺我者昌，逆我者亡。”吴奇玉说着，手起剑落，青城派两颗人头落地。

杀气在空中弥漫，笼罩在青城派上空，青城派诸人未战先怯了。

吴奇玉是日月教教主。日月教本是江湖上不太有名的一个教派，但近来，教主吴奇玉不知从何处得了一本武学秘籍，武功就突飞猛进了，江湖上已无人是其对手了。于是吴奇玉决定要做天下武林盟主了。很多门派迫于吴奇玉的武功已经归顺日月教了，没有归顺的包括崆峒、点苍等在江湖上赫赫有名的门派，差不多都被吴奇玉夷为平地了。今天，吴奇玉又要灭掉青城派了。

青城派掌门人柳玉子硬着头皮出战，未出十招便已命丧吴奇玉剑下。

吴奇玉仰天狂笑。笑毕，长剑一挥，道：“杀！”

一场屠杀又要开始了，青城派也要血流成河了，青城派从此在江湖上也将不复存在了。

“慢着。”随着这声炸雷似的喊声，一青年一袭白衣，翩然而至。

白衣青年说：“吴教主，柳掌门既已死在你的剑下，你又何必赶尽杀绝呢?”

“逆我者亡。他们不归顺我就全得死。”吴奇玉喊道。

“那就先杀了我吧，否则，我是不会让你再杀任何人的。”白衣青年坚定地说。

“你找死。”吴奇玉说着，长剑就要出手。

白衣青年静静地站在那儿，一动也不动。

吴奇玉却感到他周身充满了一种凛然之气，竟逼得自己不敢正视他。

吴奇玉感到说不出的烦躁，他不知道为什么会这样，即便是自己血洗崆峒、点苍两大门派时也没有这种感觉。但现在，白衣青年就静静地站在那儿，但他身上充满的凛然之气却让吴奇玉感到了一种说不出压抑感。

此人非杀不可，吴奇玉在心里说。他相信，普天之下，已没人是他的对手了。

但是他错了，他败在白衣青年的剑下，败得莫名其妙。交手中，他分明感到白衣青年的剑招没有他的精妙，功力也不如他深厚，但却有一种逼人的气势。于是他就莫名其妙地败了。

白衣青年用剑尖顶住了吴奇玉的胸膛。

“好汉饶命。”吴奇玉发出求饶声。

“饶了你岂不祸害武林。”白衣青年说着就要结果吴奇玉的性命。

“好汉若是饶我不死，我愿意将我近年所得的武学秘籍双手奉上。”吴奇玉道。

“武学秘籍!”白衣青年眼中顿时放出攫取的光来，“快拿来!”

“现在不在我身上，只要好汉饶了我，七天之后，我准时送到这里来。”

“好，我就等你七天，送不来，我就灭了你的日月教。”

白衣青年于是就等，然而等了整整十天，吴奇玉也没有把秘籍送来。白衣青年怒不可遏，找到日月教：“吴奇玉，快把秘籍交给我。”

吴奇玉哈哈大笑：“要秘籍，先胜了我手中的剑。”

再战，白衣青年很快就败了。临死前，他说：“上次我真不该饶你，让你又练了十天秘籍上的武功，我就不是你的对手了。”

“你错了，这十天我根本就没练秘籍上的武功。上次你胜，是因为你身上有一股凛然之气，这次你败，是因为你已经没有了那股气。”

与贼合作

那天，李维良副局长参加一个酒局，刚喝了没两杯，就觉得不舒服，他知道自己的胃病又犯了。好在离家很近，他决定回家吃点药。他生怕和别人说了会走不掉，就谁也没打招呼，打的回到了家。

开开门，李维良吃了一惊，一个小偷正在他家里乱翻东西呢。那小偷显然没有料到李维良这个时候会回来，也大吃了一惊。两人都愣愣地看着对方，呆住了。李维良的大脑飞快地转动着，瞬间想出了一个绝妙的主意，他要和这个小偷进行一次愉快的合作。于是他往沙发上一坐，冲着小偷微微一笑，说："小偷先生，我们坐下来谈一笔生意如何？"

小偷显然没料到是这种结果，愣了好一会儿才说："谈一笔生意？什么生意？"

"你帮我去一个人家偷点东西，东西到手，今天的事就当没发生过，而且我还另付你五千块钱，如何？"李维良慢悠悠地说。

小偷笑了笑，说："看来我已经别无选择，只好和你合作了。但不知你要我偷的是谁家，偷什么东西？"

李维良告诉小偷，他要去偷的是一个叫刘方仁的人，是李维良他们局的一个副局长，也是一个大贪官。"你到他家后，把所有能偷到的存折都偷出来，然后各复印四份，再以小偷的名义写匿名信，分别向纪委、检察院、反贪局、公安局进行举报。另外，你得把原件送给我。"李维良说着从包里拿出一达钱递给小偷，"这是两千块钱，把原件带来时我再付你另外三千块钱。"

"你是说你出五千块钱让我到刘方仁家去偷他的存折，是吗？"小偷似乎不放心，又问了一句。

“不错，我相信你一定不会让我失望。当然，如果有现金的话，那都是给你的。”李维良说。

“好，那祝我们合作愉快。”小偷说完就准备离开。

“请稍等一下，”李维良拦住小偷说，“在你离开前，我想看看你有没有从我家带走什么东西，可以吗?”

“当然可以。”小偷说着，举起双手让李维良搜身。

李维良仔细地把小偷身上搜查了一遍，在确信小偷身上没有录音机后，让小偷出了门。做这种事一定要特别小心，绝对不能留下任何证据在小偷手里，李维良想。

送走小偷，李维良点上一支烟，很惬意地躺在沙发上，心里说道：刘方仁啊刘方仁，居然敢跟我竞争局长，这回让你去死吧。

此后一连几天，李维良没事就约刘方仁出去吃饭，给小偷创造偷盗时间，同时也十分急切地盼望着小偷给他带来好消息。但他怎么也没有想到，小偷没有盼来，却盼来了警察。他被拘捕了，理由是指使他人盗窃。他大呼冤枉，警察就放了一段他和小偷对话的录音给他听，于是他一下瘫倒在地上。但他怎么也想不通，小偷身上明明没有录音机，他是怎么录的音？他害自己又是为了什么？警察搜查了他的家，发现了巨额不明财产。

他于是成了一名犯人，而刘方仁却当上了局长。

他在监狱里呆了一段时间，一天，监狱里又关进来一个人，正是那小偷。他忍不住问那小偷：“你身上明明没有录音机，你是怎么录的音?”

小偷回答说：“我在问你话时，悄悄打开了手机的录音功能，利用手机进行了录音。”

“那你为什么要出卖我?”李维良又问。

“根本就不存在什么出卖，当初，就是刘方仁找人把你约出去吃饭，让我趁机到你家偷东西，目的当然是寻找你贪污受贿的证据，让你无法和刘方仁竞争局长。他出的价钱可比你高多了，但我也算帮他完成了任务。”小偷说，“不过，现在他也进来了，因为我在一次作案时失手被抓，为了立功减刑，我把他检举了出来。”

神秘照片

局长的位置空缺了，李有方和安德平两个副局长开始了激烈的竞争。安德平在竞争中已处于领先地位，但他毕竟没有足够的把握，因此，他一直在努力寻找能够一举将李有方彻底击败的办法。可惜一直没有找到。

有一天下班后，安德平走得很晚，单位已经没有什么人了。安德平路过李有方办公室门口时，突然发现地上有一张照片。安德平顺手拾了起来，这一看，不由得激动万分。原来，那张照片上是一男一女两个人热烈拥抱的画面。男的正是李有方；女的很年轻，也很漂亮，安德平不认识，但他知道，那绝不是李有方的妻子，因为李有方的妻子他见过。

安德平心中一阵狂喜，有了这张照片，他就可以把李有方搞得身败名裂，那样，李有方就不可能再和他竞争局长了。安德平赶紧把那张照片放进包里，然后转身又拐向自己的办公室，他要好好想一下自己下一步该怎么做。

这时，他突然看到李有方急匆匆地赶回来，一路走，一路四下瞄着什么东西。安德平心里这个乐呀，他知道，李有方一定是在寻找那张照片。他不动声色地进了自己的办公室，关上门，惬意地点上一支烟，深深吸了一口，吐出一个圆圆的烟圈。

过了一会，他觉得一切都已考虑清楚了，于是离开了办公室。路过李有方办公室时，他看到李有方正在里面翻箱倒柜。他装着什么都不知道，问道："李局长，怎么还不走呀?"

李有方似乎愣了一下，说道："噢，我还有点小事。"

安德平这个乐呀，心里说道：哼，小事？对你来说可是天大的事！他说了一句"那我先走了"，就把李有方一个人丢在单位。

安德平并不急着回家，他到了一家照相馆，叫人把那张照片翻拍几十张。

照片一出来，安德平就带着那些照片到了纪委，要求对李有方的生活作风问题进行全面调查。纪委立即派出调查组进行了认真的调查。调查的结果却让安德平大吃一惊，那张照片是假的。照片上的女子是一个没有什么名气的演员，那张照片是她出演的电影中的一个镜头，只不过被人用电脑重新合成，把镜头中的男演员的头像换成了李有方的。

纪委找安德平调查那张照片的来历，无论安德平怎么解释，他也不能让纪委相信那张照片是他在李有方办公室门口捡到的。纪委的解释当然是他安德平为了击败竞争对手李有方，故意用这样一张假照片来诬陷李有方。

结果可想而知，李有方当上了局长，而安德平却免了职。

被免了职的安德平细细回忆了那天发生的一切，他肯定那张照片是李有方给他设的一圈套，但让他十分懊悔的是：谁让自己想用这种下三滥的手段来对付别人呢？上了当吃了亏也只能是活该！

单位种了西红柿

局办公楼旁边有一块空地，以前种的都是青草。新来的李局长一上任就说，现在各个机关办公区都是种草搞绿化，一点创意都没有，不如改种西红柿吧。

李局长的提议得到了全局上下一致的赞同和拥护。于是李局长带头，全局上下一起上阵，用十分钟时间把那块空地上的青草全部清理掉了。一位副局长提议说，今天大家都很辛苦，中午不如到酒店安排一下，也算是给李局长接风。李局长说，我们当领导的，不仅要勤政，还要带头搞好廉政，干这一点工作就到酒店大吃大喝，影响不好，不如每人发100元钱补助吧。大家一致说好，于是就每人发了100元钱。

空地虽然腾出来了，可西红柿由谁来种呢？局长办公会议研究来研究去，最终决定，再聘请一名临时工，专门负责种西红柿。一位副局长赶紧推荐了一个下岗在家的拐弯亲戚。可那人一到，才知道他对种西红柿一窍不通。局长办公会议一研究，决定请专家来授课。

专家很快请来了，知识也很丰富，从西红柿的选种、浇水、施肥到养护等等，讲了整整一上午。中午，几位局长在全城最有名的祥瑞大酒店宴请那位专家，一餐吃掉了2000多元。

西红柿总算渐渐长大了，一个个红扑扑的，十分诱人。于是就有人图新鲜，随手摘上一个来吃。李局长十分生气，叫负责种西红柿的临时工加强管理。那临时工说，我只是一个临时工，说话没人听呀。李局长一想也有道理，就又召开了一次局长办公会议，会议研究决定，从局里抽调四名工作人员，每人每天发辛苦费50元，轮流看护西红柿。

西红柿终于成熟了。局里的正式工作人员每人分了二斤西红柿。还

剩下十几斤，几位局长一研究，选几户特困群众给送去，算是送温暖。

给特困户送西红柿那天，局里从电视台、报社邀请了好几名记者进行宣传报道。因为声势造得比较大，光送西红柿不好看，只好又给每户特困群众送上100元钱。

中午，局里又在祥瑞大酒店摆了两桌，请那几位记者大吃一顿。

全城的主要新闻媒体都对局里种西红柿、送温暖的事情进行了详细宣传报道，李局长很是风光了一把。很快，李局长就因富有开拓创新精神升任副市长了。

不久，全城的大小机关都把楼前楼后的青草铲除一光，种花生的种花生，种玉米的种玉米，不一而足。

搬　家

我的同学安德平，毕业后分到某局当办事员。单位的工作不是很忙，安德平业余时间做点小生意，日子过得很舒心。

安德平不知从哪里听说我有一个住在公安局家属院的熟人，想把房子卖掉，托我与那熟人联系，要买他的房子。我听说他做生意挣了不少钱，可为什么还要买人家二手房，难道没钱买一套新房子？安德平似乎看出我的疑惑，说："房子新旧都无所谓，关键是住在公安局安全，心里踏实。"我一听，很有道理，就帮他联系把房子买了下来。

安德平不仅做生意脑子灵活，官场也得意，几年之后，就从一个一般办事员当上了局长。当上局长不久，他告诉我他准备搬家了。我想，他现在当了局长，再住那旧房子的确有点掉份儿，也应该买一套新房子了。

安德平乔迁新居后，我和几个同学去贺喜，发现他住的小区环境十分幽雅，很适合居住。但进了他家，却发现他新买的房子并不大，装修也一般。于是问他："老同学，你都当局长了，怎么还买这么小的房子，可配不上你的身份呦。"安德平说他虽然当了局长，可并没多少钱，买这套房子的钱，还是前两年做生意挣的。我不知道别人怎么想，但我却总觉得他的话不太可信。我说："这房子给我住正好，给你这当局长的住，确实有点小。等过两年有钱了，再换一套大的。"安德平说："房子要那么大干什么，能住下就行，我还打算在这里住一辈子呢。"

可这话说过刚一年，安德平就把新买的房子卖掉了，又一次搬了家。我问他为什么，他说住在那里不习惯。

安德平的新家在一所校园里，装修仍然很一般。安德平告诉我，他

从小特崇拜老师，希望能和老师住在一起，现在终于如愿以偿了。他说这是他最后一次搬家，今后再也不搬了。

然而他在新的地方住了不到一年又一次搬了家。这让我怀疑他是不是有病，这么搬来搬去是为什么？不知他下一次搬家又会是什么时候？

但这一次他却没有再搬家，他因为贪污腐败被判了刑。

有一次，我去探监，就问他为什么老是搬来搬去的？他说，最初到公安局家属院，是因为他有钱，需要一个安全的地方，而那儿是最安全。后来他当了局长，送礼的经常不断，再住在公安局家属院只会给自己增加麻烦，所以他只能搬家了。“可你从公安局家属院搬出去后，为什么也住的不到一年呢？”我问。他回答说：“我本来没想搬家，可不久对门竟住进一个纪委的干部，我只好再次搬家了。”我又问：“那你为什么在学校里也只住不到一年呢？”“那是因为对门的老师居然辞职做了记者，我怕他哪天把我的事给曝光了。”

“我这么谨慎，为什么还是会出事呢？”他自言自语道。

我心里长叹一声，光知道搬家有什么用？只要你敢贪，搬到哪里也没有用啊。

曲线举报

吴为军铁了心要举报局长刘大海。这个刘大海，生活腐化，贪污受贿，调来没两年，就把好好的一个局搞得乌烟瘴气。因为吴为军不肯给他送礼，这次居然随便找了个理由就把他的副科长给免了。吴为军本来就看不惯刘大海，现在被免了职，决心到县纪委去举报他。

刘大海在外面包了两个“二奶”，这在局里几乎成了公开的秘密。逢年过节，他大肆收受下属的贿赂，谁不给他送礼，他就给谁小鞋穿，在提拔使用干部时更是唯“财”是举。吴为军想，他只要把这些向县纪委一反映，刘大海肯定得玩完，弄不好得进去蹲个十年八年的。于是，吴为军就给县纪委写了封匿名举报信。

果然，没几天，县纪委的同志就来调查刘大海的问题了。调查组的同志一离开，吴为军赶紧打听调查结果。听说调查结果对刘大海很不利，吴为军兴奋地期待着刘大海被处理的日子。可过了很久，也没有任何动静，刘大海仍然好好地当他的局长。

吴为军沉不住气了，用公用电话给县纪委打了个电话，询问是怎么回事？纪委的同志说没有查到证据。

查不到证据？吴为军才不相信呢，他决定自己搜集一些证据，再次举报刘大海。于是他每天跟踪刘大海，很快查到刘大海两个“二奶”的住处。而且吴为军还找了到刘大海接受一个开发商 5 万元贿赂的证据。吴为军觉得，单凭他掌握的证据，刘大海就得判上几年。于是他又满怀信心地给县纪委写了封举报信。

县纪委很快又来调查刘大海了，不过这一次有些走过场的味道。查过之后又一次不了了之。吴为军再打电话问，纪委的同志说，关于举报

刘大海包“二奶”的事，他们对当事人进行了了解，当事人不承认他们之间是情人关系；至于刘大海收受开发商贿赂的事是事实，可刘大海后来把那些钱用于招待上级来人了，因此不能算是受贿。

县纪委的解释牵强的很，明显是偏袒刘大海。这是怎么回事呢？吴为军私下一打听，原来县委书记曹海林是刘大海的“保护伞”。县纪委在第一次调查时就取得了一些证据，但在向县委书记曹海林汇报时，曹海林什么也没说，之后就带着刘大海外出学习考察去了。县纪委自然就明白曹海林的意思，不再查刘大海的问题了。

县里不查，市里总要问吧，于是，吴为军开始给市里写举报信。可那些举报信经过领导层层签批，最后都又转到县里来了，结果仍是不了了之。

吴为军渐渐灰了心丧了气，觉得自己斗不过刘大海，决定放弃对他的举报。一天，他和一个对官场颇有研究的同学说起这事，那同学说：“像你这样举报，只怕举报到省里也不起作用，你要相信我，我帮你写一封举报信试试。”吴为军连忙拿出他掌握的材料，那同学说：“根本用不着那些材料，我只要写一封信就行了。”吴为军看了同学一眼，怀疑他是在吹牛。

可没多久，县纪委又一次对刘大海进行了调查，据说这次是曹海林亲自安排来查的。刘大海很快就被“双规”了。

吴为军不明白这是怎么回事，就去问那同学是怎么举报刘大海的？那同学说：“我没有举报刘大海。”没有举报刘大海？吴为军更加奇怪。那同学接着说：“我举报的是曹海林。”

原来，那同学给市纪委写了一封信举报曹海林，里面随便捏造了几条罪名，只是在信中，他写了这样几句话：某某局局长刘大海几次在酒桌上说过，他才不怕纪委查他呢，每查他一次，他就给曹书记送一回钱，他和曹书记的关系就更近一层。

规　矩

星期一的上午，刘县长带着人早早地来到他们县的边界，等待着投资商唐总的到来。这个招商项目前期虽然不是刘县长操作的，但刘县长清楚，唐总的企业是国内知名企业，如果能够引进成功的话，不但全县全年的招商任务可以一举完成，全县的经济发展也将迈上一个新的台阶。刘县长决心，今天无论如何也要一举将唐总拿下。唐总的车子准时到达时，刘县长立刻带着人迎了上去。唐总听说来迎接他的是刘县长，紧紧握着刘县长的手，久久不愿松开，连说你们太客气了。

刘县长把唐总一行引到县委接待宾馆，唐总的随员忙去安排房间。刘县长说，房间我已经给你们安排好了，这次你们考察的所有费用都由我们县政府来承担。唐总连忙摆摆手说，这不行，我知道你们县经济还不是很发达，县政府的接待费用应该也不宽裕。刘县长打断唐总的话说，我这样做也只是想表达一下我们的诚意；再说，我们县政府的招待费用虽然不多，但用于招商引资的接待费用却是不受限制的。唐总“噢”了一声，仍然坚持所有的开销都由他们自己支付。

中午，刘县长安排了豪华宴席招待唐总一行，饭后，刘县长安排人去签单时，才知道唐总已经付了账。刘县长拉着唐总的手说，你太见外了，总得让我尽点地主之谊嘛。

快到上班时间时，秘书小声提醒道，按照惯例，今天下午要召开县政府组成人员会议。刘县长看了一眼秘书，说，什么事也没有接待唐总重要，叫办公室通知，今天的政府组成人员会议取消。刘县长说着，不住地观察着唐总脸上的神色。但唐总脸上并没有露出受宠若惊的表情，这让刘县长有点失望了，以至于唐总劝他不要因为自己而破了县政府的规矩时，刘县长竟有点心不在焉，没听清唐总说什么。

下午的谈判进入了实质性的阶段，该承诺的优惠政策刘县长都承诺了，在企业用地的费用上，刘县长再次作了让步。刘县长看得出，唐总比较满意，刘县长不由露出了胜利的微笑。

这时，唐总突然提出一个问题，那块地你能保证让我们拿到手吗?万一挂牌竞标时有人标价比我们高怎么办?刘县长笑了起来，并且亲热地拍了拍唐总的肩膀，说，这个你完全可以放心，挂牌只是一个形式，决定权还在我们县政府手里，我保证按照刚才承诺的价钱让你拿到那块土地。唐总又“噢”了一声，说，我马上把这里的情况向董事会报告一下，明天给你答复。

第二天，刘县长接到消息，唐总已经离开了，他们不打算在这里投资。刘县长连忙拨通唐总的电话问为什么，唐总说，你们的条件非常优惠，对我们很有吸引力，但遗憾的是，你的政府还没有学会按规矩办事，在一个不按规矩办事的地方，我们的企业是不敢投资的。

我给市长送文件

下了汽车，我急忙拦了一辆出租车，并不停地催司机“快快”。终于到了市政府大门口，我下了汽车匆匆向院内走去。

保卫人员拦住我问：“同志，你找谁?”

我答道：“我给何市长送份文件。”

“请出示你的证件。”保卫人员说道。

我摸了摸身上，坏了，我什么证件都没带，只好说：“对不起，我没带证件。我是河水县政府办公室秘书，我叫双旗，我们县长叫我给何市长送份文件，说是何市长等着看。你看，能不能让我进去?”

“没有证件任何人都不能进市政府大院，这是规矩，”保卫人员冷冷地说道，“你必须回去拿你的证件。”

“可何市长急等着看这个文件，我如果赶回河水县，肯定会耽误事的。你就破个例吧?”我说。

“那是你的事，与我无关。总之，没有证件谁也不准进。”保卫人员说。

“那我叫我们办公室发个传真证明我是河水县政府办公室的人员，可以吗?”我问。“可以，但必须加盖你们办公室公章。”

“我知道。”我说完，急忙给办公室打了个电话，让人赶紧给市政府办公室发个传真。几分钟后，办公室通知我说传真已发到市政府办公室文书科。我于是对保卫人员说：“我的证明已经发到文书科，我去拿来给你们看一下，可以吗?”

“你必须先出示证件，我才能让你进去拿证明。”

“我要是有证件还要那证明干什么?”我说。

“那是你的事。”保卫人员不耐烦地说。

“你们可以到文书科去拿我的证明，也可以打电话去问一下。”我说。

“我们只负责保卫工作。”

这时，何市长的秘书王秘书恰好经过，问我干什么，我就告诉他事情经过。他对保卫人员说：“让他进去吧。”

于是我就跟着王秘书进了大院。然后我就问下一步我该怎么做，王秘书说：“你得先去值班接待室登记，然后将文件送文书科审阅。如果是紧急文件，他们会加盖公章转秘书二科，秘书二科同志审查过以后会送到我办公室。”

“那我直接交给你不行吗?”我小心地问。

“不行，必须按程序一步一步来。”王秘书说。

天哪，这文件什么时候才能送到市长手里呀?

永不消逝的爱恋

我在宾馆负责住宿登记。一个两鬓斑白的老人前来住宿，他的脸上透出一种难以掩饰的沧桑感。不知为什么，我总觉得他的面容好像在哪儿见过。接过他递过来的身份证，一看名字，我差一点喊出声来。他就是陈光荣，难怪会有点眼熟。

我强忍着自己激动的心情，若无其事地给他办登记手续，一边假装漫不经心地问他："同志，你是来开会呢？还是来旅游？"

"我以前就是在这儿长大的，这次是专程回来看看。"他答道。

"那你怎么没把家属和孩子带来？"我又问道。

他叹了一口气，说："我现在是独自一人生活。"

我一阵狂喜，我知道我的喜悦之情一定在脸上很明显地表现了出来，因为他有些生气地看了我一眼。

给他办好登记手续，送他上楼之后，我立即给表姑打电话，让她赶紧来一趟。

陈光荣是表姑的初恋情人，那时他们爱得死去活来，让周围的年轻人羡慕不已。但陈光荣最终抛弃了表姑，原因是表姑的父亲在海外，表姑就成了政治上有问题的人。一心追求进步的陈光荣最终娶了革委会主任的女儿，再后来就举家外迁，从此没再回来过。听老人们说，陈光荣变心后，表姑就像经霜的树叶，迅速憔悴了，她甚至动过寻死的念头，幸亏被人救下了。

表姑珍藏着一张陈光荣年轻时的照片，她时常对着那张照片发呆。有几次，我发现她看陈光荣的照片时突然笑了起来。那是一种很甜蜜很温馨的笑容，让表姑在那一瞬间又恢复了青春。如不是亲眼所见，我根本不相信表姑这种年纪还会有这么迷人的笑容。这时，表姑就会和我说

起她和陈光荣的故事，但表姑从来只和我说她和陈光荣相爱的故事，说他们在一起的幸福时刻，似乎陈光荣一直没有离她而去。每次提起陈光荣，她的语气中都透出醉人的甜蜜。听她的语气，我知道，表姑这一辈子是忘不了陈光荣了。

表姑一直生活在对过去生活的回忆中，拒绝再和任何人产生感情，因此也一直没有嫁人。表姑说，她不可能再拥有那么刻骨铭心的爱情了。表姑这样说时，目光中流露出的仍然是对逝去的神往，也让我感叹世间竟然有如此执著于爱情的女子。我常常想，假如陈光荣突然回来，表姑会作出怎样的抉择？

现在，陈光荣居然回来了，而且他现在是孑然一人。我怎么能不让表姑来见他呢？为了给她一个惊喜，我没有告诉她陈光荣来的消息。我问表姑："你还记得那个你深爱的陈光荣吗？"

表姑似答非答地说了一句："那时我们是多么幸福啊。"表姑这样说时，目光中现出很痴迷的样子，脸上竟又泛起了红晕，就像一个热恋中的少女。看到表姑的样子，我扑哧笑了出来。表姑突然意识到了自己的失态，脸顿时羞得通红。她佯做生气，在我肩上轻轻捶了一下，说："你个死丫头。"

我知道陈光荣正在餐厅吃饭。我拉着表姑到了餐厅，选了一个恰好能看到陈光荣又不易被陈光荣看到的位置，远远地指着陈光荣让她看。表姑看到陈光荣时，两眼顿时放出一股温柔的亮光，忧郁的脸也立刻灿烂起来，她人晃了两晃，险些摔倒。我赶紧扶住表姑，告诉她陈光荣现在是独自一人生活。

我对表姑说："现在，你该去追求你的幸福了。"

然而，表姑只静静地站在那里，静静地望着陈光荣。很快，表姑的目光逐渐恢复了平静，继而就变得冷漠起来，冷漠中还透出一种鄙夷和愤怒。接着，表姑从怀中掏出陈光荣的照片，痴痴地望了一会儿，又小心地放进怀中。然后，表姑慢慢地转过身，走了。她的步伐虽然缓慢，却走得无比的坚定。我拉住她问为什么，表姑说，陈光荣后来的所作所为让她鄙视，她不可能去爱现在这个人的。

我说，我不懂。表姑说："我爱的，并且永远爱着的，是那个和我相爱时的陈光荣。"

风花雪月

风

风年龄不小了，却还没有对象。

最近，热心人又给风介绍了一个女孩，女孩很温柔，也很体贴人。两人见了几次面，印象都不错。

这天，风从遥远的北方出差回来，还没到家，却在一家商店门前碰到了那女孩。风说，既然碰到了，我们一起走走吧。

女孩望着风，一脸的笑容。女孩说，你出差刚回来，一定很累，再说，你家人也一定盼着你回去呢。

风说，没事。

女孩说，那我帮你拎包吧。女孩说着就从风手中接过了沉沉的旅行包。

这时，天空正刮着温柔的风，虽然已是深秋，吹在脸上却说不出的舒服。两人逛了会儿商店，天就黑了。风说，我请你吃饭吧。

女孩犹豫了一下，答应了。女孩就给家里打了个电话。女孩对风说，你也给家里打个电话吧？风说不用，于是就没打。

两人就去吃面。面上来了，服务员把一碗面放在了女孩面前，转身去端另一碗。女孩把面推给了风。风没说话，就吃。女孩看了风一眼，也没说话，等另一碗面上来，就低头吃。

吃完面，风邀女孩去公园。风变得有些大了，吹在人身上凉飕飕的。女孩不想去，但禁不住风再三邀请，就去了。两人坐在公园的石椅子上，

漫无边际地聊着。

这时，风越刮越大，很有几分寒冬的味道。风感到很冷。

风于是打开旅行包，拿出件衣服披在身上。

女孩说，我们回去吧！女孩说这话时声音有些发抖，但风没有在意。

风后来再次约女孩，女孩却不再见他。

风弄不明白，谈的好好的，怎么说吹就吹了。

花

花是一个很青春但并不漂亮的女孩。花在闹市区开了一个花店。花自己卖花，也负责替顾客送花。

花常给一个女孩送花。女孩长得青春靓丽，给她送花的男孩很多，有些人不敢自己送，就委托花送。花每次给女孩送花时总是说：你好，这是一位先生委托我们花店给您送的花，请您收下。女孩总是一脸的幸福，说一声谢谢，然后接过花。两人并没有进一步的交流。

花每次给女孩送花时，都很羡慕女孩。花想，要是有人也给自己送花就好了。可惜没有。

后来有很长一段时间，没有人再给女孩送花了。开始花感到很纳闷，她做了很多猜想，却不知道到底哪一个才是真正的原因。越是猜不出，花越想知道女孩怎么了。花就想去看看那女孩。找什么借口呢？花想了想，就以送花为借口。

花敲响了女孩的门，过了好一会儿，门打开了。花吃了一惊，因为她看到女孩的双腿没有了，女孩一脸的忧郁，显得非常消沉，毫无活力。花愣愣地看了女孩几秒钟，忽然想起自己此行的目的，于是对女孩说，这是一位先生委托我们花店给您送的花，请您收下。

女孩说，你搞错了吧，现在怎么还会有人给我送花呢？

花就说，没错，这确实是一位先生送给您的花。花看到女孩眼中闪过一丝的喜悦，但随即又暗淡了。花想安慰一下女孩，但又不知该说什么，于是默默地帮女孩把那束鲜花插在花瓶里，就离开了。

女孩那消沉的目光深深地刺痛了花的心。花觉得自己应该帮助女孩。

花于是每周给女孩送一次鲜花，当然花每次都说是一位男孩送的。

看到女孩脸上渐渐有了生气，花就感到很幸福。后来，女孩脸上又开始出现了久违的笑容。花慢慢地开始和女孩聊上几句。花就劝女孩说，你不能老憋在家里，要多出去散散心。花说这话措辞很讲究，极为小心地避开了“走”的字眼。

花注意到女孩的目光立即又暗淡了下去。花却没有放弃，一连几次，和女孩聊天时花都这样说。花注意到了女孩眼中有了一种渴望，花就把女孩推到她的花店。

第一次到花的店里，女孩有些不自然，慢慢就自然多了，也开心多了。顾客来时，她会像花一样给顾客介绍有关花的知识，给顾客提供参考意见。

再后来，女孩自己也常常推着轮椅到街上逛逛。女孩又恢复了对生活的信心，这让花很高兴。

更让花高兴的是，有一天，真的有一个男孩买花送给女孩。那一刻，花的幸福一点也不亚于女孩。有一天，女孩带着一个男孩来到花的花店，男孩把一束鲜艳的玫瑰花送给了花。

那一刻，花简直要窒息了。因为那男孩是她高中的一个校友，他是那么优秀，优秀得让花不敢对他有任何奢望。花一直暗恋着他，却从不敢向任何人说。

女孩介绍说，男孩是她的哥哥，这两年一直在外地读研，现在刚回来，是特意来代女孩谢谢花的。

花和男孩谈得很融洽，竟然没有注意到女孩什么时候悄悄离开了。

后来，花和男孩相爱了。花才知道，男孩确实是研究生，却并不是女孩的哥哥，他只是女孩男朋友的朋友，当他从女孩的男朋友口中得知花的故事后，特意要女孩带他去见花的。

花问，你那么优秀，怎么会看上我呢？

男孩把花揽在怀中，说，你以你的善良打动了我。

雪

雪是一个清纯如雪的女孩。

雪很喜欢下雪，她喜欢雪的纯洁无暇。一到雪天，雪就在雪地里漫步，任雪花落满一身。雪觉得，当自己披上一身雪花的时候，就是自己最美的时候，也是自己最配叫雪这个名字的时候。

雪是在一个雪天认识男孩的。那天，雪正在雪地漫步，却发现一个男孩站在雪中，伸出双手在接雪花。过一会儿，他把接满雪花的双手紧紧贴在脸上。

你喜欢雪花？雪问。

我喜欢雪的纯洁，虽然它很短暂，但在我心中却是永恒的。男孩说。

雪和男孩就这样认识了。他们在雪中漫步，谈论着关于雪的话题。

那一年的雪季很长，雪很多。雪和男孩踏雪的时间也多。他们的话题从雪花开始，到人生、爱情和两人共同关心的话题。

雪和男孩就这样相爱了，他们的爱情如雪一样纯洁。

这时候，雪的家中却来了一个提亲的。那人与男孩无关，那人是林辉托来的。林辉家是镇上最有钱的人家。林辉也一直深爱着雪。

雪一直认为，林辉是一个很不错的男孩，但雪却一点也不爱他。如今，雪的心中更是只有那个能和她一起在雪中漫步的男孩。雪于是无情地拒绝了林辉的爱情。

但雪却无力拒绝林辉的婚姻。雪的父亲得了重病，治病需要很多钱。雪贫寒的家庭拿不出来，男孩家也拿不出来。

林辉愿意拿出来，但条件是雪嫁给他。

雪冷冷地看着林辉说，你用这种方法永远也得不到我的爱情。

林辉说，我知道我这样做你会很讨厌我，但我真的很爱你，错过这次机会，我也许永远也不可能让你嫁给我，所以我只有这样做。

雪冷冷地看了林辉一眼，又去和男孩踏雪。

今天，我要把自己的一切都献给你，今后，我成了别人的妻子，我们就不能再有任何来往了。雪说，但我永远爱你。

男孩抓着雪的手明显抖了一下，他动情地吻了一下雪。雪也热烈地回吻着男孩。这是他们第一次相吻。

只要拥有你的心就够了，男孩说，你是我心中永远纯洁的雪。

雪很快就嫁给了林辉。不久，两人就搬到南方的一座城市。在那儿，林辉拥有一个自己的企业。

婚后的日子十分平静，只是那座城市终年无雪，雪的心中就空落落的。

雪也常常想起男孩，想起男孩时，雪的心中就充满幸福的感觉。雪也常常给男孩写信，但写好后就烧掉。

多年以后的一个雪天，雪又回到久违的故乡。

雪花漫天飞舞。雪就像以前一样去踏雪。雪地，雪发现一个十分熟悉的身影。是男孩。

男孩也早已成了家，成了男人。雪就和男人在雪中漫步，叙说着别后的情形。

动情处，男人就像多年以前一样去吻雪。

雪制止了男人，雪说，让我们的爱情永远像这雪一样吧。

月

月是一个很女性化的名字。但月却并不是女孩，月也不是一个真名。月只是男孩在网上用的名字。

男孩在网上漫无目的地聊天时，就发现了那个叫婵娟的女孩。男孩觉得婵娟很温柔，就把自己的网名改成了月，找婵娟聊了起来。

婵娟问，你为什么叫月？

月答，因为我喜欢月亮，无论是满月还是残月，它都是那么美。

婵娟说，我也是因为喜欢月亮才叫婵娟的。

月就和婵娟聊起了月亮，聊着聊着就聊得漫无边际了。月就发现他和婵娟有许多共同语言。月和婵娟就聊得很投机。

以后的日子里，月一上网就呼婵娟，月发现，婵娟一上网也就呼他。

有一次，婵娟问月，你相信缘分吗？

月说，当两个可能咫尺也可能天涯的人，在茫茫网海中相遇并相知，谁能说这不是冥冥中注定的缘分？

你讲得太有诗意了，你一定是个诗人吧？婵娟说，你相信网恋吗？

月答，我觉得网恋才是真正的爱情。

为什么？婵娟问。

因为网恋是不依附于家庭、地位、事业、金钱、容貌等外在因素存在的爱情，是真正的纯思想的交流、感情的依恋。月说。

你讲得太深刻了，婵娟说，我觉得我已经深深爱上你了，我真想现在就见到你。

月心中一阵狂喜。月其实也很想见婵娟，但月现在还不敢。月的长相远不如他的名字那么好，生活中的他也不善言辞，根本不像在网上侃侃而谈。月已经谈了好几个女友，却都没有谈成。月不想现在就让婵娟知道他的真实情况，那样，他也许会失去婵娟。于是月说，我们现在还不适宜相见，因为我们还没有真的在纯思想上的完全相通、感情上完全相依，所以，我们还需要进一步了解。

婵娟很温柔地答应了暂不见面，但两人的感情却进一步升温。有一天，月说，我的家庭很贫寒，工作也不好。

我爱的只是你这个人。婵娟很温柔地说。

可我的人也许没有你想象的那么好，平时我总是沉默寡言。月又说。

那又有什么呢？婵娟说，正如你说的，只要我们思想上真正相通，感情上真正相依，就行了。

月能感觉到婵娟说话时的温柔的样子。月觉得自己真的离不开婵娟了。

月常常想，婵娟究竟是什么样子呢？会不会很丑，甚至一点也不温柔？如果真是那样，自己还会像现在这样爱她吗？月每次这样想时，却总是觉得婵娟不会很丑，也不会不温柔，所以自己一定会像现在一样爱她。

月就迫不及待地想见婵娟了。

再次在网上与婵娟相会时，月准备提出要与婵娟相见了。就在这时，婵娟说，我真的一刻也不能等了，我要立刻见到你。我相信，无论现实中的你与我想象的差距有多大，我都会永远爱你的。我相信你也会的，因为我们的爱情是不依附任何外在条件存在的，是真正的爱情。见不到你我会死的。

我也是，月说。

月就和婵娟约定，在公园的望月亭见面，每人手中拿一本《知音》。

月拿着《知音》到望月亭时，婵娟已经在等他了。两人一见面，都大吃了一惊，同时说，怎么是你？

原来婵娟是月的邻居，一个刁蛮、任性、毫不讲理的女孩，月一见到她就讨厌。月觉得自己虽然曾经做过最坏的考虑，但仍然把她想的太好了。月觉得自己的爱情突然没有了任何基础，月肯定自己无论如何也不会爱上她。

癞蛤蟆居然还想吃天鹅肉，打你的光棍去吧。婵娟说着撇下了月走了。

月很纳闷，在网上他们爱得那么深，为什么在现实中就产生不了一丝一毫的爱恋呢？难道虚拟的爱情真的只能在虚拟的世界存在？

公交车上

晋文辉

我叫晋文辉。我的单位离家较远，我每天上班前半小时准时乘坐3路公交车去上班。车上的那段时间总是很无聊，为了打发那段无聊的时间，我就常常带本书或一张报纸在车上看。

这种状况持续了很长一段时间，直到有一天我发现了她。她是在我的下一站上的车。她很美，美得让我不敢正视她。她一上车，我就再也没有心思看书了，我虽然努力地把目光往书上拉，但却又总不由自主地往她身上瞟。

她是一个很温柔的女孩，每次，她一上车，就找个座位很安静地坐下来，眼睛总看着窗外。没有座位的时候，她就静静地抓住扶手。有很多时候，当有“老弱病残孕”上车时，她总会主动让座。这让我更增加了对她的好感。

我不知道她干什么工作，我只知道她比我提前一站下车。她下车的地方有很多单位，她在哪个单位上班，我常常做很多猜想，但不知道哪一个才是真正的答案。但我知道她叫“莹雪”，那是她有一次打电话时我听到的。她的声音很美，很温柔。而“莹雪”这个名字更美，我喜欢这个名字。

当然，我更喜欢她这个人，虽然除了“莹雪”这个名字外我对她几乎一无所知，但我还是不由自主地爱上了她。每一次，车快到她上车的那一站时，我就赶紧往外看，看她是否在那等车，生怕错过了她。偶尔

有一次没能见到她，我就忍不住胡思乱想。她一上车，我偷偷地看她。而当她向我看过来时，我就赶忙低下头，假装看我的书。

我真的希望上天能给我们认识的机会，那样我就可以和她自然地交流、相处、相爱。有时我甚至想，哪怕她无意中踩我一下脚，当她歉意地向我说“对不起”的时候，我就借机和她聊几句，然后我们就会相识，渐渐地我们的关系就会进一步发展。但偏偏没有。

日子一天天过去，我设想的种种和她相识的情况都没有发生。

有一天，她没有坐3路车。我不知道她出了什么事，我焦灼不安地等待她再次出现在那路车上，但没有。以后的许多日子，我再也没有在3路车上见过她。

我很失望，也不愿再坐那路车，于是就买了辆摩托车，开始骑摩托车上下班了。

日子平淡地过去了，后来我谈了个女朋友，结了婚。不知为什么，我对妻子总是没有刻骨铭心的爱，孤独的时候，我总想起3路车上的那个叫莹雪的女孩。

秦莹雪

我叫秦莹雪。我的单位离家较远，我每天上班前将近半小时坐3路公交车上班。车上，我喜欢静静地观看路上的风景，当然，有时也喜欢呆呆地想心事。

有一天，我发现车上有一个很特别的男孩，每天和我同坐那路车。男孩很潇洒，也很有气质。我一眼就爱上了他。

我不知道那男孩是干什么的，我不知道他是从什么地方上的车，又从哪儿下车。但我知道，他很喜欢看书、看报。我也知道他的名字，他叫晋文辉，那是有一天他看书时我在他书上看到的。那几个字写的遒劲有力，显出他不凡的功力。看到这个名字的时候，我心里猛地一动，我姓秦，他姓晋，如果我们能结合在一起，那真才叫永结秦晋之好。

我真的好想知道他的情况，于是假装无意地向身边的熟人打听他的情况，却没有得到任何的消息。但这不能阻止我爱他。每天一上车，我

就寻找他的身影。当我看到他的时候，我的心就会怦怦直跳，我的脸会发烫。我不敢看他，生怕被他发现我在偷看他。但当我偶尔见不到他的时候，又会有说不出的失落感。

我常常想，要是有一个同时认识我们俩的人在车上出现多好，那样就可以为我们介绍。但却一直没有这样一个人出现。于是我就期盼他能主动找我说话，随便找个什么借口都行。

在无奈的期盼中，日子一天天过去。后来，我跳了槽，上下班不用再坐3路公交车了，于是我见不到他了。但我更疯狂地爱他，我不能停止想他。于是过了一段时间，我又好几次坐上3路公交车，希望能再次见到他的身影。但不知为什么，他没有再坐那路车。

从那以后，我再也没有见过他。

后来，我随便找了个人，嫁了。日子平静而又平淡。但常常，我都在内心深处呼唤他。

不知他能否听到我的呼唤?

检　验

老公经常出差，李玉芬就和邻居王明君好上了。靠在王明君宽厚又坚实的胸膛上，李玉芬觉得就像靠在一堵永远也不会倒塌的墙上，心里觉得特别踏实。很多时候，李玉芬想，干脆和老公离婚，嫁给王明君算了。但李玉芬只是这样想，并没有付诸行动，因为她实在放不下孩子。

这天，李玉芬的老公刘宏伟和朋友去打麻将去了。刘宏伟刚走，王明君就到了。四目相对，两人什么都没有说，紧紧地搂在一起。就在这时，李玉芬突然听到了钥匙开门的声音。王明君也听到了，一把推开了她，惊恐地望着大门。显然是刘宏伟回来了。李玉芬慌忙打开门，王明君慌慌张张地和刘宏伟打了个招呼，匆匆离开了。

刘宏伟死死盯着王明君的背影，跑到卧室看了看，又死死地盯住李玉芬说："你说实话，你们两个刚才在干什么呢？"李玉芬不敢看刘宏伟的眼，慌乱地说："没什么，他只是来问个事。"

"是问床上的事吧？"刘宏伟说着，就打了李玉芬一巴掌。李玉芬眼里噙着泪水，盯着刘宏伟不说话。"我打死你个臭不要脸的。"刘宏伟一边打，一边骂，声音很高，震得房屋直颤。李玉芬任刘宏伟的拳头落在身上，紧紧地咬住嘴唇，不喊一声。她怕自己一旦发出痛苦的喊叫，王明君就会不顾一切地过来阻止刘宏伟打她。王明君一旦过来，就等于承认他和李玉芬之间确有关系，那样，不仅救不了她，也会害了王明君。

刘宏伟见李玉芬不喊一声，拉着李玉芬来到院子里，一边高声辱骂，一边拳打脚踢。李玉芬明白刘宏伟的用意，他就是要看看王明君今天会不会来阻止她挨打，于是在心里默默地祈祷王明君千万别过来。

打骂声惊动了周围的邻居，王明君的妻子也出来了，大家都劝刘宏

伟不要打了，有些人甚至直接指责刘宏伟下手太重。但王明君没有出来，自始至终都没有出来。这明明是李玉芬希望的结果，不知为什么，她又感到说不出的失望和失落。

回到家里，刘宏伟一边帮李玉芬擦拭伤口，一边流泪道：“对不起，我不该怀疑你有外遇，我错了。我们好好过日子吧。”

李玉芬看都不看刘宏伟一眼，很平静但很坚定地说：“我们离婚吧。”

离婚后，王明君又来找李玉芬，李玉芬不开门，说：“我们分手吧。”

都是为了分手

男人对女人感到厌倦了，没有任何感觉了，甚至连那事也提不起兴趣来。男人觉得，这样的婚姻实在没有任何意义了，分手是最好的选择。

可男人张不开口，女人对他太好了。刚结婚那两年，家务活还是两个人共同干，可这两年女人什么活也不让他干，晚上他洗脚，女人还会给他端好洗脚水。女人也不再像刚结婚时那样，事事都要发表自己的意见，现在什么都听他的，无论再大的事，只要他决定了，女人都会毫不犹豫地支持他。

有时，男人想，这么好一个女人，自己却要抛弃她，是不是太那个了，干脆就这样凑合着过算了。但这种想法每次都坚持不了多久。不管女人对他如何好，但这种没有爱的婚姻对他来说是一种心灵的折磨。男人受不了这种折磨，决定无论如何也要分手。

男人觉得这样太对不起女人，男人就决定给女人补偿。给女人什么补偿好呢？男人想，也许给女人一大笔钱最好。可男人没有钱，虽然他和女人每天省吃俭用，可是家里并没有多少钱。男人想，如果女人愿意分手，他可以什么都不要，家里所有的东西都给女人。可细想想，家里实在没有什么像样的东西。

没有物质的东西可以补偿女人，那就对女人好一点吧，男人想。以前，男人下了班喜欢和朋友一起玩，现在不玩了，一下班就回家帮女人做家务。女人不让，男人就抢着做。以前，男人从不关心女人的衣着，现在开始关心起来，主动给女人买好看的衣服，买女人喜欢的首饰。以前，男人最烦陪女人逛街，现在，他主动陪女人逛街了，没事的时候还

会陪女人重温花前月下的柔情。

男人对女人好，女人对男人就更好了，分手的话男人还是说不出来。男人为此很苦恼。

这时，女人突然病了，莫名其妙地病了，医生查不出什么病，可女人就是好不了。男人说不出的高兴，男人想，这是他好好报答女人的时候，他一定要尽心尽力地伺候女人，直到女人的病彻底好了为止。那样他就可以心安理得地提出和女人分手了。男人是这样想的，也是这样做的。为了伺候女人，男人请了假，不上班了。女人一直说自己的病好不了了，不愿去医院，男人就安慰她说，不要灰心，总会有医生能治好你的病的。男人还到处找偏方，给女人治病。女人嫌中药苦，不想喝，男人就喂女人，陪着女人喝。女人喝一口，男人也喝一口。女人想吃什么东西，只要说一声，男人就给女人做。

这样一连三个月。有一天，女人突然从病床起来了，很精神。女人抓住男人的手说，我对不起你，我的病是装出来的。

男人很吃惊地望着女人，不知是怎么回事？女人说，已经好几年了，我对你没有任何感觉了，再也爱不起来了，于是想到了分手。可我觉得这样对不起你，所以拼命对你好，这样心理上好平衡一点。可我对你好，你对我也好。没办法，我才想出装病的办法，我想你伺候烦了，就会主动提出分手。

原来是这样，早知如此何必费那么多的事。男人这样想着，笑了。

女人接着说，可我没想到你对我这么好，你是这世上最爱我的人。我决定了，这辈子我跟定你了，无论发生什么事，无论你怎么对我，我都不会离开你了。

情人节短信

为了能在情人节那天和情人约会，吴爱几天前就把理由想好了。理由绝对天衣无缝，不会引起妻子的丝毫怀疑。

从家里一出来，吴爱就拨打情人的手机。情人的手机关着，奇怪，情人不知道说过多少遍，希望能和他一起过一个浪漫温馨而又无人打扰的情人节，情人还要给他一份惊喜，可今天怎么不开机呢？联系不上情人，吴爱烦躁地在街上漫无目的地闲逛。

这时，吴爱收到一条短信："没有我在你身边你习惯吗？没有我在你身边你遗憾吗？一直渴盼与你共度这一天，为何老天总是不能遂人愿？"毫无疑问，这是情人发来的短信，吴爱看了一遍又一遍。但看那号码却是一个完全陌生的号码。

是有人发错了？吴爱想，应该不会。情人说要给自己一份惊喜，莫非是情人用新号码和自己联系。或者是遇到了什么变化，不能和自己见面了，又不方便用自己的手机联系，于是用了别人的手机。吴爱回电话，对方不接。吴爱于是回复了一条短信："没有你，我的世界不再灿烂，没有你，整个世界一片黑暗。不能与你共度这一天，是我一生最大的遗憾！"

没过多久，那个号码又发来一条短信："爱你，是我今生无悔的选择；爱你，是我来生也还不完的情债。今生，我的世界因你而精彩，来生，你还将成为我永远的期待！"

看着那短信，吴爱幸福得几乎要流下眼泪。他把手机紧紧贴在胸前，久久不愿拿开。然后，他十分动情地回了一条短信："如果有来生，我不愿再作长久的等待；如果有来生，我愿从小就与你相爱。来生，我还要

与你携手到白头；来生的来生，你仍然是我的最爱。”

以后，每隔一段时间，那号码就发过来一条短信，一条比一条深情。吴爱一条一条地回去，一句比一句感人。那些短信，让吴爱感动得流下了眼泪，觉得自己是世上最幸福的人，这一世没有白过。虽然不能和情人想见，但这种方式交流也很有意思，吴爱想。

这样想时，那个号码来电话了。吴爱的心一阵狂跳，抖抖地按下接听键，一个声音在耳边响起：“老公，我爱你！你太让我感动了。”原来是妻子，那些短信居然是妻子发的。吴爱什么都没说，挂断了电话，说了一句：“恶心。”

角 度

吴美娟是因为林芳认识的梅沁。

那天，吴美娟去逛商店，突然碰到了多年没见的小学同学林芳，林芳的身旁还跟着梅沁。

多年不见总会有说不完的话，于是就到了附近的一个茶房。吴美娟和林芳聊得很开心，梅沁很安静很礼貌地坐在她们身旁，很少插话。她忧郁的神色让吴美娟觉得她是一个很有故事的人，于是就问，听你口音不像本地人，来这里有事？

这样问时，吴美娟就感到林芳在踢她。梅沁看到了，轻轻拍了一下林芳的手，说，也不是什么丢人的事，说出来也没什么。然后，她又淡淡地笑了一下说，我是为了他才来这里的。

吴美娟不知道该说什么，疑惑地看了林芳一眼。林芳轻轻叹了一口气，对梅沁说，那个男人把你害苦了。

梅沁幽幽地说，都是我愿意的。

吴美娟瞪大好奇的眼睛望着梅沁。梅沁接着说，我和他是在网上认识的。我们都喜欢上一个名叫烦恼的白领的网站，跟帖也发帖。他的语言很幽默，我慢慢地开始注意他了。这时，他主动给我发短消息，和我私聊。我们就这样认识了。开始还是聊网上的话题，慢慢地就开始无话不谈了。不久我们就互留了 QQ 号，后来又留了电话。像很多很老套的故事一样，我们相爱了。

的确是很老套的故事，吴美娟心里想，同时有些为梅沁担心，你了解那个男人吗，就这么轻易爱上他？

再后来的故事也很老套，梅沁接着说，有一天他出差去我的城市，

我们见面了。我陪了他整整三天，直到离开时，他才告诉我，他有老婆和孩子。那一刻，我的心又酸又冷。

吴美娟就在心里叹一口气，说，还是年轻呀，太容易受骗了。

梅沁略略停了一下，接着说，但我依然深深地爱着他，我们依然在网上、在电话里谈着恋爱。很快我就发现我怀孕了。我把这个消息告诉他，他几乎不假思索地说，做掉它。我说你得对我负责呀，他说我会的，可我们现在在两个城市，你让我怎么办呀？后来我们又见过几次面，每次见面我们都很幸福，可之后却是漫长的等待，毕竟他出差的机会很少。于是我一咬牙，辞掉了原本很好的工作，来到了这里。

吴美娟忍不住插话道，你怎么那么相信他呀，你难道看不出来他在骗你？

不，我能感觉到他是真的爱我。梅沁说。即使他是真的骗我，我也心甘情愿，谁叫我那么爱他呢。

真是一个痴情的女孩，吴美娟在心里感叹，然后说，那你就逼着他离婚呀。

可我不忍心看到他痛苦。梅沁说。

难道这样你就不痛苦？吴美娟说。

这时，梅沁的电话响了，她只看了一眼号码，满脸的忧郁一扫而光，娇美的面庞如鲜花开放。她接完电话，说，我有事，我先走了。说完如快乐的小鸟飞了出去。

林芳说，准是那个男人的电话，咱们也走吧。

几个月后，吴美娟又碰到林芳，于是就问，梅沁怎么样了？

苦呀，那个臭男人算是把她害苦了。林芳说，语气中掩饰不住对梅沁的同情和对那个臭男人的憎恨。她一直没找到合适的工作，暂时还在一家酒店做服务员。那个臭男人嘴上说爱她，可就是不肯离婚。前不久梅沁又为他流了一次产。

她怎么那么傻呀，她应该用肚子里的孩子逼那个臭男人离婚呀。吴美娟说。

是呀，我也这样劝她，可她说那样对他妻子就太不公平了。林芳说。

这个傻妹妹呀，难道这样对她就公平了？她怎么就那么善良呀？这样也太委屈她了呀。吴美娟说着，鼻子有点发酸。停了一下，她问，那个臭男人叫什么名字？

林芳说，她不肯说，只说他的网名叫热锅里的鱼。

什么？吴美娟感到一阵眩晕，差点摔倒。她老公的网名就叫热锅里的鱼。

吴美娟突然感到梅沁的面目可憎起来，她怎么可以死皮赖脸地勾引自己的老公呢？还居然撵到了自己家门前，真是太不要脸了。她一把抓住林芳的胳膊说，快告诉我，那个臭婊子住在哪儿，我要找她算账去。

我爱你的爱

孩子上大学去了，李玉芬像一只温柔可爱的玉兔，静静地躺在丈夫叶青平怀里，与丈夫一起回味过去那些幸福的岁月。你说，你那时怎么会爱上我的呢？李玉芬满含期待地望着叶青平问。

叶青平神秘地笑了一下，没有回答。

你说嘛。李玉芬晃着叶青平的胳膊，撒着娇说。

叶青平犹豫了一下，不知该怎么说，因为那时不是他先爱上李玉芬，而是李玉芬先爱上他的。

叶青平和李玉芬只是大学校友，不在一个班，叶青平却喜欢上了李玉芬班里的一个女生。那时候男女之间谈恋爱还不太敢光明正大地谈，更何况叶青平对女孩只是朦朦胧胧地喜欢，还说不上是爱，所以更是和谁也不敢说。恰好李玉芬班里有个男生是叶青平的朋友，叶青平就经常去找那朋友，目的只是多看那女生一眼。去的多了，有一次，朋友问他，你经常往我们班跑，该不是看上我们班哪个女孩了吧？

叶青平的脸立刻红了，他故作生气地说，你瞎说什么呢，不喜欢我来我下次不来了还不行吗？

朋友忙堆起满脸的笑容，说，跟你开个玩笑，怎么就生气啦。顿了一下，又小声对叶青平说，不过，我们班还真有个女孩看上你了。

瞎扯什么呀。叶青平说。

真的，不骗你，朋友向旁边一努嘴，小声说道，就是她。

叶青平看过去，于是就看到了李玉芬，她正好也向他看过来。四目相碰的那一刻，两人都慌乱地把目光移开。过了一会儿，叶青平再次向李玉芬看去，李玉芬一袭白衣，和她同桌的一身缁衣形成了鲜明的对比。

模样倒也周正，但却远不如她同桌漂亮，也不如叶青平心里偷偷喜欢的那个女孩好看，这让叶青平心生一丝遗憾。

再去找朋友时，叶青平就不由自主地向李玉芬多瞟几眼，越看越觉得李玉芬耐看。李玉芬有时也会看向他。两人的目光从开始的慌乱躲避，到渐渐有了交流，再到热辣辣地相望，叶青平终于和李玉芬走到了一起。

婚后，两人互相关爱，互相体贴，小日子过得和谐美满。有时，叶青平也会想，如果当初李玉芬不先爱上他，那他会爱上她吗？应该不会吧，他在心里默默地说。

现在，李玉芬突然问他当初是怎么爱上她的，叶青平望着李玉芬柔柔的目光，忍不住捏了一下她的小鼻子，说，你呀，什么时候也变得虚伪了，那时明明是你先爱上我的呀。

李玉芬娇嗔地哼了一声，说，明明是你先爱上我，你还不好意思承认。那时你经常偷偷拿眼睛看我，你以为我不知道呀？说实话，那之前你虽然去过我们班多次，我根本没有注意过你，对你也没有任何感觉。后来，你老是拿眼睛瞟我，我就知道你爱上我了，我喜欢那种被你爱的感觉，慢慢地就喜欢上你了。

叶青平听得一愣一愣的，心说，怎么会是这样呀？

李玉芬轻轻点了一下叶青平的头，接着又说，还记得我的同桌吗？就是那个经常穿一身黑衣服的女孩，那时她倒是偷偷喜欢过你。

叶青平的心里就抖了一下，原来朋友说的那个爱上他的女孩是李玉芬的同桌，只是他看过去时恰好李玉芬在向他看，才让他误会成李玉芬了。那女孩娇美的面容又浮现在叶青平面前，叶青平想，如果当时知道爱上自己的是那个黑衣女孩，那结果又是什么样子的呢？

反腐宣传杯

杜主任跟着何局长出差。杜主任知道何局长喜欢古玩，安排好住的地方，就带何局长去逛古玩店。

在一家古玩店，何局长看到了一个陶瓷杯。何局长把那杯子拿在手上，反复地看。杜主任并不看那杯子，只看何局长的脸。他看到何局长的目光贼亮贼亮的，脸上的皱纹都舒展开了，嘴里还发出啧啧的声。待何局长放下那杯子，杜主任又拿起看了看，似乎很随意地问了下价钱，又漫不经心地和老板侃一会儿价钱，最终放下了杯子跟着局长走了。

出差归来的当天晚上，杜主任就到了何局长家里。杜主任汇报了几句工作的事情，就从包里取出一个精致的包装盒，打开，里面正是何局长看过的那只陶瓷杯。主任把杯子递给何局长说："何局长，这次出差也没带什么东西，只带了这只杯子给你留作纪念。"

何局长眼睛亮了一下，随即变得严峻起来。他瞪着杜主任说："你这是干什么。现在反腐倡廉抓得这么紧，你却在这里搞这些不正之风，你不感到惭愧吗?"说着把杯子还给了杜主任。杜主任赶紧作了自我批评，又很真诚地说："东西已经买回来了，退也退不掉了，这次何局长你就收下，下次再也不这样做了。"

杜主任原以为经过这一番推让，何局长就会半推半就地收下杯子。没想到何局长很坚决地把杯子又推给了他，说："你难道忘了，现在我们正在搞反腐倡廉宣传教育活动，你说我怎么可能收下这只杯子？再说，就算我收下了这只杯子，敢把它拿出来吗?"何局长说完，立刻下了逐客令。

怎么会这样，马屁怎么会拍到马蹄上呢？杜主任躺在床上翻来覆去

想了很久，也没想明白是怎么回事。何局长明明是想要这只杯子，这一点杜主任十分肯定，可他为什么坚决不收下呢？杜主任仔细回忆何局长的每一句话，突然一拍脑袋，明白自己错在哪里了。

几天后，局里召开反腐倡廉宣传教育会。会上，杜主任给每个与会人员一人发了一个陶瓷杯，杯子上写着“反腐倡廉，人人有责”几个字。何局长从容地接过杯子，脸上露出了笑容，大家也都说这创意真好。只是大家不知道，他们杯子虽然表面上和何局长的一样，但都是仿制的，而何局长的杯子却是货真价实的古董。

人前人后

李文龙常说，评价一个人，不能光看他在众人面前是怎么做的，更主要的是看他在没人的情况下怎么做的，因为在没有其他人在场时，一个人的行为才最能代表他的真实想法。

李文龙这样说，是有亲身体会的，他自己在人前人后的行为就不一样。与绝大多数人相反的是，在没有人知晓的情况下，他对自己的要求更严格一些。

李文龙在某政府机关工作，每天坐公交车上下班。公交车站台离路口还有一段距离，如果规规矩矩从路口走，需要多走二十米。这样绝大多数人都从路边隔离带中的草坪上踩过去，只有极少数人规规矩矩地从路口走。刚开始，李文龙是那极少数人之一，但大家说他假正经，故意显示自己有修养。李文龙不想因此得罪人，于是只好跟着大家从草地上踩过去，这样李文龙很快又和大家打成一片了。没人的时候，李文龙还会规规矩矩地从路口拐过去，因为他认为从草地上踩过去的确是没有修养的表现。

也有始终坚持走那路口过的，那人叫郑直，在法院工作，那时临时抽调到某个领导小组上班。因为他的特立独行，大家都把他当作怪物。李文龙曾经劝过他，别那么固执，当大家都从草地上走时你不妨也跟着大家走，别让大家说你。郑直却说，为什么要因为别人而放弃我做人的原则呢？李文龙很佩服郑直的勇气，但看着他的背影，仍然摇了摇头。

李文龙有能力，又有好人缘，很快升了职，而且一路升上去，竟然成了某局的局长。

李文龙依然严格要求着自己，不贪污，不受贿，认认真真地工作。

有人托他办事，只要不太违反他做人的原则，能帮的他会尽量帮忙，但绝不收人家的东西。对别人请吃请喝李文龙是不十分拒绝的，他不想让别人说他假清高，因而处处防着他。这样，李文龙就有着很好的口碑。

李文龙也收过人家的钱。有一家外来投资企业，在市里有一定的影响，他们想上一个项目。有一天，企业请了一些领导去，说是召开一个企业发展论坛，李文龙也在应邀之列。会议开得很热闹，李文龙也谈了一些自己的想法。

晚上，企业的一个负责人找到他，给他一个红包，说是大家为企业的发展献计出力，这是给大家的酬劳。李文龙不收，他明白，企业这样做，只是想要他们在企业上马下一个项目时给予照顾。那人就劝他说，这钱来的光明正大，是大家劳动所得，大家人人有份，其他人都收了，你要是不收，其他人会怎么想。李文龙没办法，只好收下。

等那人走后，李文龙一看，里面居然有两万元钱。李文龙不想收，也不敢收，他问一个十分要好的朋友，是否可以把这笔钱上缴到纪委，当然他没说谁送的，有多少钱，也没说哪些人收了钱。那朋友说，你如上缴的话，就等于把其他人都出卖了，今后你也没法再混了，所以你不能。李文龙想想也是，就没有上缴。但他又实在不愿意收这钱，于是都捐给希望工程了。

本来，李文龙以为这事就这样过去了，没想到多年后却出事了。那次参加座谈会的一个领导被查出经济问题，把这件事交代了出来，很多人都被牵连进去了。李文龙虽然被免于追究刑事责任，却被开除了党籍和公职。负责审理案子的就是郑直，他对李文龙说，你呀，为什么要因为别人放弃自己做人的底线呢？

放馊的鱼饵

刘局长新调到一个局当局长。星期天，刘局长闲着没事，一个人到野外去散心。野外空气清新，景色宜人，再加上微风拂面，刘局长十分惬意。

这时，刘局长就看到一个水塘。算不上大，里面鱼却不少，成群地在水面游。塘边有一个庵棚，已经残破不堪。刘局长突然觉得有点口渴，决定去讨点水喝。

门虚掩着。刘局长轻轻敲了几下门。里面一个声音懒洋洋地说道："进来。"刘局长就推开门走了进去。里面两个人，正斜靠在床上看电视，看到刘局长，立刻起身，站好，双手下垂，说："刘局长，是您？您才来局里没多久，就亲自来看我们俩，我们真是太感动了。"刘局长愣了一下，问："你们是？"那俩人说："我们是局机关的干部，您来那天开干部大会时见过您。我们俩来这里好多年了，第一次有领导来看我们，没想到还是局长您亲自来的，我们真是太幸福了。"刘局长又是一愣，说："你们是局机关的干部？那为什么会在这里看鱼？"那两人说："那还是安德平当局长时的事了。有一天，他突然把我们俩喊到他办公室，让我们来这里养鱼，说干好了会提拔我们的。至于为什么，安局长也没有说，还让我们保密。我们刚来时这还是个新塘，没有鱼，安局长让人买了很多大小不一的鱼放在里面。起初，安局长还问问塘里的鱼怎么样了，后来就不问了。从那以后，我们也没人问了。"

第二天一上班，刘局长就喊来办公室主任，问那两个养鱼人是怎么回事？办公室主任说他只知道局机关有两个同志在外面执行特殊任务，至于干什么，他也不知道。办公室主任建议，问一下李副局长，他是老办公室主任，也许知道。刘局长就问李副局长，李副局长说他是在安德平调走后才当的办公室主任，所以这事他也不清楚。李副局长还说："这

是最好直接问安德平本人，以他做事的风格，估计这事其他人都不清楚。”刘局长不相信，找到安德平在任时的一个副局长，一问，他倒是听说过这回事，至于为什么也不清楚。

看来真得问安德平本人了。

刘局长一打听，安德平调走后，到了另外一个局长当局长，现在已经退休了。刘局长问清楚安德平住的地方，带着办公室主任去看他。不料安德平却不在家，他老伴说他钓鱼去了，至于去哪儿，她不清楚。她还说，退休后安德平很少带手机，她也不知道到哪儿找他。

办公室主任长长地“噢”了一声，说：“安局长的保密工作做得真好，不过我现在知道他去哪儿了。”刘局长听出了办公室主任语气中鄙夷的味道，示意他不要再说了。

从安德平家出来，办公室主任说：“不用问，安德平去那个鱼塘了。”刘局长不说话，去了那个鱼塘。

不料安德平却不在。办公室主任有些尴尬，问那两个养鱼人，安德平平时是不是常来这儿钓鱼？那俩人说：“没有，安局长一次都没来过。”办公室主任的脸色更加难看，悻悻地看了那两人一眼，转过头问刘局长怎么办？“回去。”刘局长说。

路上，经过一条河，有人在河边钓鱼。办公室主任突然指着一个人说：“那就是安德平。”

刘局长就走过去，寒暄了一阵，刘局长就问那两个养鱼人是怎么回事。安德平的脸就红了。沉吟了一下，才说：“那是我做的一件蠢事，现在我也不怕丢人了，都告诉你吧。”原来，安德平当局长时，有一天，他陪着市长调研，经过那个鱼塘时，市长问：“这儿有鱼吗?”安德平知道市长喜欢钓鱼，就说有，还邀请市长去钓鱼。市长说：“这两天忙，过几天再来吧。”安德平赶紧让人在那塘里放了鱼，还让两个人去看着。不料市长却一直没去钓鱼，安德平又不敢撤回那两个人，只好让他们继续待在那里，直到他调走。

办公室主任看安德平的鱼桶里没有鱼，问：“安局长刚来吧。”安德平说：“来有一会儿了，我才学的钓鱼，水平差，钓不好。”刘局长闻了闻钓饵，说：“你这鱼饵都馊了。”

提前预约

牛局长下乡调研，路过羊庄乡时，突然发现一口水塘，一口从未见过的水塘。塘水很清，像新生婴儿的眼睛。多少年了，牛局长都没见过这么清澈的塘水了。“这塘里的鱼一定长得很好。”牛局长说。牛局长这样说时，看了局办公室孙主任一眼。

孙主任看了看那口水塘，犹豫着该怎么说？

“你说呢。”牛局长又看了孙主任一眼，说。

“是，是，这塘里的水这么清，鱼一定长得很好，而且味道一定很美。”孙主任说。

牛局长突然产生了一种想钓鱼的冲动，他叹了一口气，说：“要是能在这里钓几条鱼多好呀。可惜今天没时间了，明天再来吧。”

调研结束后，牛局长就回家了。孙主任可不敢回家，他立刻赶到羊庄乡，重又来到那口塘边。孙主任看得出来，这分明是一口新挖的塘，他敢肯定，这塘里应该连个鱼影也没有。找人一问，果然。

孙主任打电话到办公室，叫人立刻从附近的鱼塘买几百条鱼放到这个塘里来。为了防止万无一失，孙主任让小杜就守在塘边，不要回家。孙主任说：“算是加班，补助比平时多发点。”孙主任还特意交代，鱼不能喂，否则明天就不咬钩了。

第二天，天刚亮，孙主任就给小杜打电话，问那些鱼怎么样？小杜说：“很好，就是死了两条鱼，在水面上漂着呢。”孙主任一听就瞪大了眼睛，声调也粗了起来，说：“那你还愣着干什么，赶紧捞上来埋了，不能让牛局长看出来那些鱼是才放进去的。”

到了单位，孙主任就对牛局长说：“鱼竿给您准备好了，就放在您车

后备箱里，您什么时间去钓鱼?”牛局长摇了摇了头，遗憾地说：“这两天估计没时间，看样子只能等星期六了。”

孙主任也很遗憾，一离开牛局长的办公室，立刻给小杜打电话：“这两天你都不要回来了，就待在那个鱼塘边，算是出差了。你的任务是每天把鱼喂个半饱，保证牛局长去钓鱼时鱼肯咬钩。”

可接下来一个星期，牛局长都因为各种事情没能去钓鱼。小杜一个人早撑不住了，孙主任只好又派了两个人去，轮流看那些鱼。

又过了几天，牛局长终于有时间去钓鱼了，孙主任愉快地陪着牛局长去了那口水塘。

连日来一直没吃饱的鱼儿们拼命地咬钩，牛局长的钩刚甩进水里，就钓上一条鱼来。牛局长说：“我就知道这么好的水里一定有鱼，怎么样?”

“那是，那是，”孙主任说，“局长您观察入微，判断准确，果然如您所料。”

时间不久，牛局长就钓上来将近二十条鱼，孙主任也钓上来好几条。牛局长尽了兴，就收了线。

孙主任就问：“牛局长，明天还来不?”

“不来了，”牛局长说：“没时间哪。”

“那您什么时候再来？到时候我还来陪您。”孙主任又说。

牛局长说：“今天过瘾了，不一定再来了，你知道我其实并不喜欢钓鱼。”

“您什么时候要是想来了，就提前通知我一声，我再陪您来。”孙主任说。

晚上，孙主任就让“出差”在外的小杜他们撤了回来。

一个月后的一天，孙主任突然接到牛局长的电话，让他立刻赶到上次他们钓鱼的水塘边。孙主任火急火燎地赶到时，只见牛局长正陪着刘市长在那里钓鱼，孙主任脸上就冒出一层汗。孙主任知道，他们不可能钓到鱼，因为，那塘里的鱼早就被人逮光了。

牛局长一看到孙主任，就说：“孙主任，你说这塘里有没有鱼?”

刘主任脸上的汗雨柱似的往下淌，他看了看牛局长，又看了看刘市

长，嗫嚅道："有，有。"

牛局长又说："你再告诉刘市长，上次我们俩是不是在这里钓了很多鱼?"

"是，是钓了很多鱼?"刘主任的衣服全湿了，就像从水塘里才捞上来一样。

"那为什么今天我们一条鱼也没有钓到?"刘市长盯着孙主任问。

孙主任被刘市长盯得矮了半截，他觉得自己就是一条正在煎锅上的鱼。他不敢看刘市长，只怯怯地望了牛局长一眼，说："可能是没有提前预约，鱼就不咬钩吧。"

丢 失

安德平突然发现他妈妈传下来的玉手镯不见了。

开始，安德平并未放在心上，认为可能是自己随手放在什么地方了。可他把屋里粗略翻了一遍，居然没有找到，安德平才觉得有点不对劲。于是他开始细细地找，可还是没找到。这一下，安德平才真的紧张起来，莫非真的弄丢了？

放在哪儿了呢？安德平拍着脑袋想了半天，想得脑袋快发芽了，也没有一点头绪。安德平给妻子打电话，问妻子有没有拿。妻子说没有。安德平愈加怀疑是弄丢了。但他不死心，开始以平方毫米为单位在屋里搜索。最后连蚂蚁洞里都用东西掏了一遍，可那手镯还是没有找到。安德平最后一丝希望也破灭了，认定那手镯是丢了。

后来有一天，安德平逛商店时，正好碰上他们科长带着老婆也在逛商店。科长老婆的手腕上带着一只手镯，安德平觉得十分眼熟。再仔细看，正是他丢失的那只手镯。安德平先是愣了一下，随即想起来，原来那只手镯自己送给科长了。

可这事自己怎么忘了呢，难道得了健忘症？安德平想。安德平第一次对自己的脑子产生了怀疑。

安德平第二次怀疑自己得了健忘症是他发现丢钱的那天。那天，安德平突然发现他前两天刚从银行取的三万元现金不见了。安德平的脑袋当时就嗡了一下，好像有无数只苍蝇从他耳朵直往脑子里钻。三万元，可不是个小数字，怎么会丢了呢？安德平就在屋里找，反反复复地找，可就是找不到。

起初，他怀疑是保姆拿了，于是旁敲侧击了一番，结果显然保姆没

拿。他又怀疑是年幼的儿子把那些钱当玩具，玩过之后给扔了。可问过之后也不是。莫非家里进贼了？可家里一切都摆放得井井有条的，不像进贼的样子；再说保姆一直在家，也不可能进贼。看来只有问妻子了，安德平于是拨通了妻子的电话。妻子说，你不是把那钱送给你们局长了吗？

安德平一拍脑袋，对呀，我把那钱送给局长了，我怎么把这事给忘了，莫非我真的得了健忘症？

安德平第三次发现自己得了健忘症，是他发现妻子丢了。

那天中午，安德平的妻子没有回家。妻子中午不回家也不是什么新鲜事，但每次都打电话说明情况，可那天偏偏没有。安德平打妻子的手机，手机关着。也许妻子有什么事忙忘了，安德平想。可到了晚上，妻子还没有回来，手机仍然关机。安德平有些急了，就打妻子同事的电话，妻子的同事说他妻子今天根本没有上班。安德平急出了一头汗，莫非真的出事了？

安德平决定去找妻子。到哪里去找安德平心里也没有谱，只好先到妻子单位找找看。可安德平走着走着，突然发现自己到了市长家楼下。明明想去妻子单位的，怎么会来到市长家呢？可能是这里太熟了吧，安德平想。

安德平这样想时，就见市长屋里的灯亮了，紧接着妻子从里面出来了。安德平立刻想起来了，是自己让妻子来陪市长的。安德平几乎可以确信自己得了健忘症。

但安德平并没有把健忘症放在心上，因为这病不但没有对他造成什么不好的影响，相反，自从得了这病，他的仕途反倒一帆风顺了。

很快，安德平就当上了局长。当上局长的安德平就想回乡下老家去看一看，衣锦还乡嘛，总得在乡亲们面前显摆显摆。

安德平就开车回了乡下老家。一到乡下就见到一个熟人，那人和安德平一个村子。安德平就把头昂得高高的，等着那熟人低头哈腰地向他问好。可那熟人只看了他一眼，头就扭向一边去了，好像根本没不认识他。安德平忍不住了，就喊那熟人，告诉他自己是谁，可那人连连摇头说，你不是安德平。

接着安德平又遇到了第二个熟人，那人是安德平小时候的玩伴，两人经常一起尿尿和泥巴玩。可那人也把安德平当了陌生人。安德平就抓住他，说出自己的姓名，还说了小时候他们在一起玩耍的一些事情。那人仔细看了看安德平，说，安德平我怎么可能不认识，你不是他。

安德平接下来遇到了很多乡亲，可大家都把他当成了陌生人，没有人相信他是安德平。

安德平觉得奇怪，莫非大家都得了健忘症？

安德平于是找到母亲，没想到那个疼爱他胜过疼爱自己的母亲也不认识他了。她对安德平说，你不是我儿子。

母亲又拿出一张照片给安德平看，那是一张安德平小时候的照片，照片上的安德平一脸的阳光。母亲说，这才是我儿子。

安德平打量着那张照片，觉得有点熟悉，又有点陌生。

安德平就走到一面镜子面前，镜子出现一个人，贼眉鼠眼的，安德平不认识。

这人是谁呢？安德平想。他发现他不知道自己是谁了。

打喷嚏

公司领导对徐卫东说，又到年底了，今年你跟着我去考核各单位打喷嚏的情况。

徐卫东很兴奋。每年，领导都会组织人对各单位打喷嚏情况进行考核，但徐卫东还从来没有参与过这种情况呢。徐卫东就问，要准备哪些东西？领导就说，不用，小刘都准备好了。

考核的第一个单位是甲单位。通知已发下去了，一切都准备好了，领导却突然有其他事情，不能去了。领导就对徐卫东说，你和小刘去就行了。徐卫东犹豫了一下，说，要不等您有空了再去考核？领导摆摆手，说，不用，我去不去结果都一样。

徐卫东只好带着小刘去了甲单位。

甲单位很重视，派了辆车来接徐卫东和小刘，这让徐卫东有点受宠若惊的感觉。

考核开始了。按照惯例，领导是要代表考核组打个喷嚏的，现在领导没有来，只好由徐卫东来代表了。事先，小刘已经把往年领导打喷嚏的录音给徐卫东，徐卫东也认真练习了好几遍，自我感觉还不错。可是，现在面对着台下那么多人，徐卫东突然感到有点怯场，憋了半天才打了个喷嚏，中气明显不足，全无威仪，徐卫东自己都感到不满意。让徐卫东感到意外的是，下面的掌声却出奇的热烈，把他的耳朵震得嗡嗡地响。

接下来该是甲单位一把手打喷嚏了。他坐直了身体整了整衣服，对着话筒张大了嘴巴。啊——他开始打喷嚏了。“啊”音拖得很长，声音十分洪亮。“啊”了老半天，终于响亮地喊出了那个“嚏”字。然后，他又打了一下喷嚏，声音急促而短暂，转瞬即逝。接下来，他又打了一个喷

嚏，这次时间虽然也不长，却豪气十足。这样，一把手的喷嚏才算打完了。

于是，二把手开始打喷嚏。和一把手一样，第一个喷嚏又长又响，第二个又急又短，第三个牛气哄哄的。

接下来是三把手的，也是同一个模式。徐卫东觉得无聊，有些昏昏欲睡了。他用迷离的双眼看了看台下的众人，也都昏昏欲睡的样子。

似听非听中，徐卫东突然发现，有个人在打喷嚏时居然没有张嘴，仔细一看，原来他是在播放去年打喷嚏的录音。徐卫东很生气，对小刘说，你把这个情况记下来，回头向领导反映一下。小刘说，算了吧，其实大家都是播放去年的录音，不过配合着录音张了张嘴巴，而这个家伙居然忘了张嘴而已。徐卫东有些吃惊，问，真的？小刘说，当然是真的，其实这些领导都知道。

领导都知道？徐卫东有些不相信地看着小刘。小刘说，何止是知道，领导每次到各单位打喷嚏时，也是播放以前的录音。

考核结束，甲单位的领导留着不让走，要管饭。徐卫东坚决不同意，说，我们有纪律，不准备在被考核单位吃饭。一把手说，那些都是说说而已，还没听说过有考核不在下面吃饭的，你可不能破这例，否则，以后其他人就不好开展工作了。

徐卫东问小刘，这是真的？小刘郑重地点点头，说，是的。

这时，一阵冷风吹来，徐卫东一哆嗦，就打了个响亮的喷嚏。

打　鼠

鼠患成灾，已经严重影响了动物王国的生存和发展。王国决定在全国大力开展防鼠治鼠工作。

S山头的老虎大王参加完动物王国的会议之后，立即召开S山的防鼠治鼠会议。S山上的动物头目们都参加了会议。一只硕大的老鼠也参加了会议，与一只猫坐在一起。当然，这只老鼠和大家一样，西装革履，还打着领带戴着帽子，大家只注意它穿的衣服，谁也没注意衣服里面包的是什么。会议开始的时候，老鼠给猫点上一支烟，猫则亲热地拍了拍老鼠的肩膀。

会议之后当然要有行动。首先忙碌起来的是公鸡，每天打鸣时不再喊“天干物燥，小心火烛”，而是喊“防鼠治鼠，人人有责”。除此之外，它还负责编印了几本是关于防鼠治鼠的书，内容大都是各级领导关于防鼠治鼠的讲话以及其他地方防鼠治鼠的典型案例等等。这些书发放到每一个动物成员手中，连每个老鼠洞里都塞得满满的。

其次忙碌起来的是猫。灭鼠嘛，当然得靠猫。可是猫每天吃着公家发的精美的猫粮，早已对鼠肉丝毫不感兴趣了，它现在感兴趣的只是钓鱼和养花。当然，猫也基本不抓鼠了，顶多每天叫两声，显示一下它还是只猫。接到任务后，猫每天早中晚都要站在山头，大叫三声“喵喵喵”，算是震慑老鼠吧。有时，它也会到鸡呀羊呀单位，装模作样地问一下那里有没有老鼠，听到对方说没有，它就夹着皮包踱着方步离开了。

狗也忙碌起来了。它按照老虎的要求购买了许多老鼠笼，并且发放给猪呀、牛呀等动物们。动物们收到老鼠笼，都很认真地把老鼠笼放在门口。只是大家好像都很粗心，并没有把老鼠笼的门给打开。狗虽然看

得很清楚，但它才懒得管呢，它的任务是购买和发放，至于动物们怎么使用，那就不是它的事了。事实上，它自己的老鼠笼门也没有打开。

猴子、兔子、小鹿等众多动物们也都按照各自分工忙碌起来了。

历时一年的防鼠治鼠工作眼看就要结束了，S山上没有抓到一只老鼠。老虎说，这充分说明我们防鼠治鼠的教育理念已经深入到每一个动物的心中，也说明我们防鼠治鼠工作扎实有效。

按照老虎大王的安排，S山向动物王国申报了预防鼠害先进单位。据可靠消息，动物王国已经基本认可，只等开会表彰。

就在这时，出了点意外。有一只老鼠，喜欢养情人，而且喜新厌旧。它的一个旧情人被抛弃后，一直还在纠缠它索要东西。这只老鼠为了摆脱纠缠，欲杀了情人灭口。不料竟没有成功，情人遂到猫那儿，把它知道的事情全部抖了出来。事情已经隐瞒不住了，这时雅鼠、搜鼠等各大网站也对此事进行了报道。猫迅速进行调查，不仅查清了那只老鼠的问题，而且包括它的老婆、子女、部下等很多老鼠的问题都查清了。一时间，此案成为轰动动物王国的大案，各大媒体都进行了铺天盖地的报道。

老虎赶紧让人要回申报预防鼠害先进单位的材料，改为申报治鼠先进单位，结果很快被评上了。值得一提的还有那只猫，它被评为动物王国的打鼠英雄，一时间成为动物王国的楷模。

这事至此本来可以结束了，可是不久，不知是谁在网上贴了一张照片。照片是老虎大王召开防鼠治鼠会议时拍摄的，照片上，老鼠给猫点烟的动作清清楚楚。照片下面有一句话：猫啊，你当时没发现给你点烟的是老鼠吗？

只是这个帖子很快就被删掉了。

魔术师

张三发现了一个神奇的魔术师。

那天，张三闲着没事，就在商店里闲逛。他正在乐器柜组闲逛的时候，走过来一个肚子挺的很高的中年人。中年人在几架钢琴前面看了看，指着其中最昂贵的一台对服务员说："这个我买一台。"

服务员赶紧叫人抬出钢琴，帮中年人试了试效果，然后开了票。中年人拿着票就到旁边的收款台付款。张三闲着无事就盯着中年人看。这时，张三就看见中年人从衣袋中掏出一张纸，然后又掏出一个圆形的东西，在那张纸上一按，那张纸就变成了一叠钱。

张三吃惊地瞪大了眼睛，这简直太不可思议了。张三看过许多魔术师表演纸变钱的魔术，但像他这么神奇的张三还是第一次看到。这钱能用吗？张三想，就瞪大眼睛盯着那中年人看。只见那中年人大大方方地将刚变的钱递给了收款员，收款员毫无表情地接过钱，在验钞器上走了一遍，收下了。天啊，太神奇了，验钞器居然验不出那是假币。

中年人叫服务员按他留下的地址把钢琴送走，然后就离开了商店。张三就好奇地跟着他。不一会，中年人到了东方娱乐城。张三早就听人说过，许多大款和当官的都喜欢到东方娱乐城去潇洒。张三也早想到里面去见识见识，但无奈那门票太贵，张三买不起，所以张三就从未进去过。中年人并未到售票处去买票，而是直接走到大门口，然后像在商店里一样，从衣袋里掏出一张纸，再掏出那个圆形的东西在纸上一按，那张纸居然又变成了一张门票。中年人把门票递给看门人，然后在张三瞪得发直的目光中走进了东方娱乐城。

张三确信那中年人一定是一个神奇的魔术师，张三决定跟他学魔术。

但张三没钱买门票，他也变不出门票，所以张三就只好在门外等着。许久之后，中年人终于出来了，张三就跟着他往前走。走到一个没人的地方，张三就拦住中年人说：“大师，请你收下我做徒弟吧。”

中年人奇怪地看了张三一眼，说：“什么大师，你想干什么?”

张三说：“大师，你别瞒我了，我知道你是一个神奇的大魔术师，我只想跟你学魔术，求你收下我做徒弟好吗?”

中年人白了张三一眼，很不耐烦地说：“神经病，我怎么可能是魔术师，我警告你别再跟着我。”

张三说：“你今天做的一切我都看得清清楚楚，你不收我做徒弟，我就叫警察。”

“叫警察，好啊。”中年人说着，一招手，就过来两个警察。中年人拿出那个圆形的东西在那两个警察眼前一晃，说：“这个人老是纠缠我，你们把他抓起来吧。”

警察就过来抓张三。张三说：“你们被他骗了，他是个骗子，他那个圆形的东西想变什么就变什么，他刚才还用它变钱呢。”

中年人鄙夷地看了张三一眼，又拿出那个圆形的东西在张三眼前晃了晃，张三瞪大眼睛一看，原来那是一枚公章。

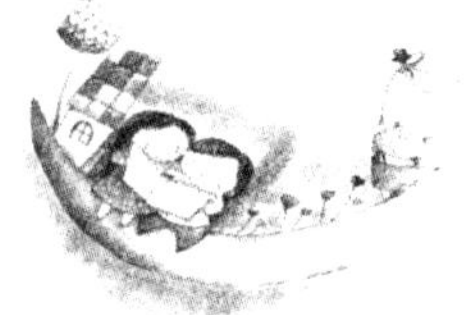

问政于民

上午十点钟，市容局安德平局长带着几个副局长来到街上，他要亲自检查一下市容市貌。他们走了两条街，见到了不少乱摆摊点、占道经营等各种违反规定的行为，脏乱差现象更是随处可见。安局长就对身后几个副局长说："最近我接到几次群众反映，说我们的管理工作不到位，开始我还不信，现在看来，群众反映的问题不假，的确是我们工作没做好。看来我们的管理工作要加强了，否则，我们没法向群众交代。"

安局长正说着话，不经意间碰了一下路边的一把太阳伞，帽子落在了地上。安局长弯腰拾起帽子，接着说道："就说这太阳伞吧，有的有，有的没有，有的大，有的小，有的高，有的低，颜色更是五花八门，像这样怎么行呢？我看，我们就从这个问题入手，逐步解决我市的市容市貌问题。现在我们回局里开会，专门研究一下这个问题。"

回到会议室，安局长从包里拿出一封信，让办公室主任宣读。这是一封群众来信，信中痛陈了商业门点太阳伞不统一的严重危害，强烈要求城区的所有商业门点统一使用同一型号的太阳伞。办公室主任读完，安局长说："大家议一下，看这个问题怎么办？"几个副局长就你一言我一语议论起来，有赞同的，也有反对的。反对的说，太阳伞统一型号好是好，就怕群众有意见。看讨论不出结果来，安局长说："前两天市委书记在大会上要求，各级政府部门在作决策前要多听听群众意见，我想，这个问题，我们也来听听群众意见，来个问政于民，群众让我们怎么办，我们就怎么办。"

问政于民？这倒是个创举，可谁知道群众心里是怎么想的，可别出什么乱子才好。大家这样想着，望望局长，却见局长气定神闲，一副胸有成竹的样子。

第二天，安局长就让人邀请了五十名各界群众，征求大家对城区商业门点太阳伞统一管理的意见，并且邀请了新闻媒体进行现场采访。安局长先向大家介绍头一天的检查情况，重点介绍了自己被太阳伞碰头的情况。然后，办公室主任又宣读了一下那封群众来信，那封信写得极有文采，办公室主任读得更是慷慨激昂，让人觉得太阳伞不统一型号简直就是天理难容。然后就是与会群众讨论表决。表决结果让原来持反对意见的副局长大吃一惊，五十名群众，除了两人提出这个问题要慎重，建议再广泛征求群众意见以外，其余四十八人全部同意。

安局长最后总结时说："我们市容局一直把维护群众利益作为我们各项工作的出发点和落脚点，并且明确提出，今后，凡是涉及群众利益的重大事情，都要问政于民。也就是说，在作决策前要广泛征求群众意见，群众不赞成、不拥护的事坚决不干。对统一太阳伞的问题，我们还将采取问卷调查的形式来征求群众意见。两千份问卷调查书已经印好，明天就向社会发放。我们将综合考虑大家意见，最后再作决定。"安局长的讲话博得一阵阵热烈的掌声。当天，全市各新闻媒体对市容局问政于民的消息进行了全面报道。

几天后，问卷调查结果公布，百分之九十八的群众表示同意。

很快，城区所有商业门点的太阳伞全部换成了新的，卖那种太阳伞的安局长的小舅子乐得嘴像个瓢似的。他真是佩服替他写那封群众来信的人，写的真是好，读了真让人感动。当然，他更佩服安局长给他出的这些主意。

市容局问政于民的创举受到市委、市政府的充分肯定，很快在全市推开，并且作为典型经验上报到省里。只是大家不知道，参加座谈会的五十名群众是安局长让办公室主任精心挑选的，没有一人是商业门点的经营者。至于问卷调查书，他们发放的和收回的都远不止两千份，只不过他们挑选了两千份保存下来，供人查阅，其余都销毁了。

慰 问

徐卫东正拖着残腿一踮一踮地打扫院子，村主任来了，四下看了看说，昨天不就通知你了吗，你怎么还没准备好？徐卫东停下来，讪讪地笑笑说，马上就好了。村主任又问，说什么都想好了吗？徐卫东说，想好了，又不是第一次了。村主任的脸上就严肃起来，说，听说这次慰问比以前增加二百块钱，你可得拣好听的说，今后我们村用人家马局长的地方多着呢。徐卫东一听，慰问金多给二百，那就是五百了，脸上立刻灿烂起来，忙说，好好，我马上再把要说的话再背一下。

这时，一个妇女走过来，冲徐卫东喊，快去看看去，你儿子浑身发抖，脸烧得发红，正在村口坐着呢。徐卫东一听，扔下扫帚，一瘸一拐跑起来。村主任在他身后喊道，你快点，别耽误马局长来慰问。

徐卫东跑到村口，抱起儿子，感觉儿子浑身烫人，连忙向镇卫生院跑去。医生简单看了一下，说，赶紧送县医院。这时，徐卫东的妻子也赶来了，俩人带着儿子急忙往县城赶。好在离县城不远，很快就到县医院。

医生说，先交一千元钱，抓紧时间住院治疗。徐卫东和妻子身上只有五百多一点，就央求医生，能不能先交五百。医生白了徐卫东一眼，说医院又不是福利院。徐卫东的妻子就哭起来。徐卫东突然想起了什么，对妻子说，我去马局长去，先把慰问金拿过来。妻子就止住哭，推了他一下，说，快去呀。

马局长的单位徐卫东去过，很快就到了。他正在找马局长的办公室，一个人拦住他，很威严地问，你干什么的？徐卫东忙报出自己的姓名，说来找马局长。那人就说，原来是你呀。徐卫东也立刻认出来，那人是马局长单位的办公室主任，叫安德平。安德平问，你找马局长什么事？

徐卫东把儿子住院差五百元钱的事简单说了一下，安德平笑笑说，正好，马局长马上去慰问你，正好给你送五百块钱，这回记者可有文章做了。徐卫东望着安德平问，能不能先把慰问金先给我，给孩子看病要紧。安德平脸一绷，说，慰问金是马局长去你家慰问时发的，现在发给你算怎么回事呢？徐卫东忙又央求，安德平说，你什么都别说了，马局长马上就要出发了，你先坐我的车回你家，慰问一结束，我就带你去医院。徐卫东说，慰问改个日子吧，我得借钱给儿子看病呢。安德平说，那怎么行，你知道马局长平时有多忙吗？好容易抽出点时间，你说有事就有事，你让我和马局长怎么交代？

徐卫东无奈，只好坐上安德平的车，车上还有两个记者。安德平和记者简单沟通了一下，重新帮徐卫东准备了慰问时要说的话，然后把徐卫东的事向马局长进行了汇报。

慰问进行得很顺利。

慰问结束，徐卫东匆忙赶往医院，给儿子办理了住院手续。

儿子在紧张地抢救，徐卫东在大厅里焦急地走来走去。这时一个医生出来了，徐卫东连忙拉住他，问儿子的情况怎么样了。医生说正在抢救，不过你要做好准备，你儿子错过了最佳治疗时间。

徐卫东眼前一黑，晃了两晃，险些摔倒。

这时，大厅里的电视上正在播午间新闻，正好播到马局长慰问的事，新闻说，马局长心系残疾群众，一听说徐卫东的儿子生了病，住院需要钱，立刻给他送去五百元钱，还亲自送徐卫东去了医院。电视上，徐卫东说，感谢党和政府，感谢马局长，是您及时伸出援助之手，我儿子才能顺利住上院。感谢您给了我儿子第二次生命。

站　队

镇党政办公室主任刘大伟敲开镇长安德平的门，说，县政府办公室催要我们镇新引进辣椒的种植进度，怎么报？

安德平深深吸了口烟，眉头皱了皱，说，你打听一下其他乡镇都是怎么报的？

刘大伟说，县政府办公室的王秘书和我关系很好，我已经问过他了，已经上报的几个乡镇进度都比我们快。

安德平又使劲吸了一口烟，把烟雾吐得飘飘渺渺的。停了好一会儿，他问，你说我们该怎么办？

刘大伟沉默着不说话，但看到安德平的两眼直盯着他，于是吞吞吐吐地说，这事要是你亲自负责的话，以你的工作的魄力，一定会在全县领先的。

安德平想了想，说，这件事已经交给李副镇长了，你还是向他汇报，由他处理吧。让他把握一个原则，只要不在全县垫底就行。顿了顿，安德平又说，晚上你从县城里给我安排一桌，我请县农委主任吃顿饭，他陪县委杜书记出差回来了，给他接个风。

刘大伟答应了一声，转身离开，不清楚安德平葫芦里卖的到底是什么药。安德平历来落实上级精神都迅速有力，深得上级领导信赖，所以才能从一个一般办事员很快一步一步走上镇长的宝座。现在，镇党委书记调走不久，党委的工作暂由安德平来主持。可这关键时候，他对县长亲自引进、亲自主抓的辣椒引进推广工作却丝毫不尽力，真不知道他是怎么想的？

如果说安德平本人反对种植辣椒，这样做也能说得过去，可事实上，

安德平对种植辣椒应该是很积极的。刘大伟清楚地记得，前不久，县里召开一个座谈会，说是征求大家对引进推广辣椒的意见，其实就是一个动员大会。刘大伟给安德平准备了一个发言稿，详细分析了种植这种新品种的利弊。安德平看完后，让他重新修改，只谈优点，不谈弊端。同时，对新引进辣椒的前期工作也未雨绸缪，准备工作远远走在其他乡镇前面。

可县里的座谈会后，安德平的态度突然变得令人难以琢磨起来。他把这项本该由他亲自负责的工作交给李副镇长负责，而且不让给各村下达硬性指标。这让刘大伟实在摸不着头脑了。

回到自己的办公室，刘大伟就拨打了县政办王秘书的电话，了解那天开座谈会的情况。王秘书说那天会议一切都很正常，大家对引进推广新辣椒的积极性都很高。刘大伟问，安镇长在会上都说了些什么？王秘书说，他呀，谈的都是农业结构调整的意义，最后表态说要以这次辣椒引进为契机，抓好全镇的农业结构调整。总之，几乎全是废话。安德平显然没有按照事先起草的发言稿讲，刘大伟越来越糊涂，安德平这是怎么了？

晚上，刘大伟接到安德平的电话，我明天去县委汇报工作，你给我准备一个汇报材料，重点谈一下引进新辣椒的弊端。刘大伟一听，嘴巴张成鸭蛋形，久久没有合拢。

不久，县领导对引进推广辣椒的做法开始进行争议，辣椒引进推广工作严重受阻。而同时，县委杜书记外出考察的一种新品种茄子开始在全县大面积种植。不久，安德平因为推广新品种茄子成绩突出，被任命为镇党委书记。

这一切都让刘大伟如坠云雾。有一天，趁着安德平酒后高兴，刘大伟问他到底是怎么回事。安德平眯起眼睛说，你知道，县委杜书记最喜欢参加会议的，那天开座谈会他却没有参加。主持人说杜书记参加市里一个重要会议去了，可我却发现杜书记就在办公室。所以，我猜测杜书记根本不想引进辣椒。后来，县农委主任说杜书记带他去外地考察茄子种植，我更加肯定了我的猜测。我当然会站在杜书记一边，事实证明我没站错队。

一封情书

河水县委办公室刘秘书正在给女朋友写情书，抽到警示教育办公室工作的县纪委办公室的小胡进来说："刘大秘书，写得怎么样了？"

刘秘书一愣，问道："什么写得怎么样了？"

"警示教育学习心得呀。警示教育办公室张主任可说了，请你们几位大秘书下下劲，过几天准备在宣传栏里张贴出来给大家学习学习。"

"上次公开不是有我们的吗，怎么这次还用我们的？"刘秘书问道。

"张主任说了，你们几位代表了全县的最高水平，不用你们的用谁的？"小胡说。

"好了，知道了。"刘秘书说完赶紧给他的情书划上结尾，然后就开始修改他的学习心得。刘秘书一向办事认真，学习心得已经很认真地写好了，但既然要公开张贴，他得好好润色一下，好在大家面前显示一下自己"河水一支笔"的水平。

学习心得刚写好，就已接近下班时间。这时，办公室朱主任告诉他，从明天开始，县委方书记要到几个乡镇去调研，要他把手头的工作处理一下，明天跟方书记一起去调研，这几天不要到办公室来了。刘秘书答应一声，抓起学习心得就往警示教育办公室跑。

小胡正准备回家，一看到刘秘书，说道："刘大秘书，你可真不愧是我们'河水一支笔'，这么快就写好了。"刘秘书笑道："你小胡安排的事我敢不抓紧吗？"

"刘大秘书又开玩笑了，我哪敢安排你这县委领导，不过是想提前学习学习你的大作。"小胡说着接过刘秘书的材料放进了资料柜中。

几天调研结束后，刘秘书一到办公室就想起该给女朋友把信寄出去。

但他却怎么也找不到那封信，却翻到自己的学习心得。刘秘书心中一惊，莫非……坏了！

刘秘书大跑小跑到了警示教育办公室，问小胡道："我前几天交给你的学习心得呢，我想改一下。"

"已经在宣传栏里张贴两天了。"小胡说道。

"什么?"刘秘书说着急忙跑向宣传栏。一点不错，宣传栏里张贴的正是自己写给女朋友的情书。这个人可丢大了，看今天大家怎么笑话自己吧。

刘秘书懊恼地用学习心得换下那封情书，拖着沉重的脚步偷偷跑回办公室。

同事们陆陆续续到了办公室，见到刘秘书都主动问好，但奇怪的是竟然没有一个人拿他的情书开玩笑。刘秘书觉得十分奇怪，就试着问一个同事："你看宣传里的学习心得了吗?"

"谁看那些糊人的玩意儿。"同事说。

刘秘书又问了许多人，回答都是一样。刘秘书既高兴又懊恼，早知道如此，我下那么大力气写什么学习心得呀?

出 差

郑直人很正直，单位也是个好单位，但他却过得挺郁闷。到现在，他已经四十多岁，仍然是一个一般办事员，而许多比他年轻的同志早就走上了领导岗位；单位的福利房已经分了好几回，每次却都没有他。郑直知道，所有这一切都是因为他和他们科科长贾正之间的尖锐矛盾造成的，郑直对此也不抱什么希望了。可别的同志经常公费外出旅游，可他连正常的外出开会的机会都没有。这让郑直感到特别失望，因此也特别希望能出一次差，可偏偏每次出差又都没有他的份。郑直觉得，如果自己不离开这个单位，恐怕是一辈子出不上差了。

可是，这一天临下班，贾正科长对郑直说："你回去抓紧收拾一下东西，明天和李科长出一趟差，大约需要十天时间。"

"让我出差?"郑直以为自己听错了，"到哪儿？去干什么?"

"到时候你只管跟着李科长走就行了。"贾科长说。

于是郑直跟着李家全副科长踏上去大连的火车。长这么大还是第一次出差，郑直十分激动，一路上不停地问李家全："我们这是去干什么?需要我做哪些事情?"李家全并不回答，只说到了就知道了。郑直觉得十分奇怪，既然让自己出差，但又却不告诉自己干什么，真是不可思议。

到了大连，李家全找了家宾馆，两人住了下来，却仍不告诉郑直来干什么。第二天，李家全对郑直说："你还没看过大海吧，今天，我带你去看大海，咱们到海里游泳去。"两人又是游泳，又是晒光浴，很快把一天时间打发过去了。接下来几天时间，李家全不是带郑直去看风景名胜，就是带他去休闲购物。这让郑直更加奇怪，他多次问李家全："李科长，我们这次出差到底是干什么?"每次李家全总是笑笑说："你问那么多干什么，只管跟着我就行了，反正不会让你吃亏。”

有一次，郑直实在忍不住了，对李家全说：“你再不说我们来干什么，我就自己回去了。”

“那怎么行呢?”李家全说，“实话告诉你吧，这么些年来，你工作一直很认真，也很辛苦，这次出差，就是让你放松一下身心，这也是组织上对你的关心。”

郑直一听，说：“李科长，为了我一个人，公家花那么钱，这不合适，我们赶紧回去吧?”李家全说不行，可郑直坚持要回去。李家全无奈，只好去买返程的车票。车票买回来了，是两天后的，李家全说当天的车票都卖完了，这是能买到的最快的车票了。就这样，郑直又在大连熬了两天。

回到单位一上班，在楼梯口，郑直恰好看到李家全在与贾正打招呼：“贾局长，您好!”

“贾局长?”郑直一愣，冲口问了一句。

李家全拍了拍郑直的肩膀，说：“你还不知道吧，我们出差期间，我们的贾科长已经升任副局长了。”

郑直的脑袋嗡了一下，终于明白这次出差的目的了。上次贾正要提拔，就是因为他看不惯贾正的种种不正当行为，在公示期间进行举报，贾正最终没能提拔。这次出差，原来是为了支开自己，让贾正顺利提拔。

养鱼

能到缉毒大队实习，我感到非常的荣幸与骄傲。缉毒大队虽不像其他大队那样案件一个接一个破，但一破就是惊天大案，因而知名度极高。

到了缉毒大队之后，我才发现，缉毒工作并不像我想象的那样紧张、激烈和惊心动魄。我每天的任务就是看办公室、接电话，没事的时候看看一些资料。这样的日子真的很无聊。我多么渴望能像电视剧中演的一样真刀真枪地和贩毒分子较量一番，可惜没有，缉毒大队的干警们和我一样，每天也都是无聊地打发着时间。有一次，我问孙大队长，难道现在一个毒品案件都没有？孙大队长微笑着拍了拍我的头说，我们是缉毒大队，要是天天都有案子破，那这个社会得有多少人吸毒？我一听也是，为自己的幼稚感到脸红。

日子就这样不紧不慢地过着。有一天中午，快下班了，办公室里只剩下我一个人看电话，这时进来一个人。来人二十多岁，怯怯地望着我，我让他坐下他也不敢，小声说道，我是来报案的。

可能是太激动了，我的身子不由得颤抖了一下，再次让他坐下说。他又怯怯地望了我一眼，犹犹豫豫坐下来。他说他叫张三，他有个朋友叫李四。他以前就听人说过李四吸毒，可他还不太相信，没想到昨天李四突然拿出几粒摇头丸要卖给他。他一听是毒品就害怕了，慌忙来报案了。

我又详细询问了一些情况，然后打电话给孙大队长，问他怎么办？孙大队长叫我记下张三的联系方式，让张三回去。我怎么也没想到会这样，就这样让张三回去了？为什么不立即把李四抓起来呢？我的心里充满了疑问。

下午，孙大队长一到办公室，我又向他汇报张三报案的情况。孙大队长只说了一句知道了，就没有了下文。我在他办公室里傻傻地站了好

一会儿，才意识到没有什么事了，只好回到自己的办公室。

平时没有案子闲着无聊，现在有案子了，为什么还不抓紧时间去办?我把我的疑问向办公室里的两个同志提出来，他们说，放心吧，孙队心里有数，他是不会放过一个案子的。

果然，没两天，孙大队长就安排人去调查李四的情况。我很想跟着一起去，但孙大队长不让，只让我看办公室，我真的非常遗憾。去调查的同志经验很丰富，很快就把问题查清楚了。张三反映的问题不错，那个李四以前就吸过毒，最近贩毒了。但他才开始贩毒，还只是偶尔倒卖点摇头丸，数量也很少。

既然问题都查清了，为什么不把李四抓起来呢?我问孙大队长，他笑了笑说，你不懂。说完，他继续在网上玩他的电脑。

日子仍然无聊地过着。我以为孙大队长一定把李四的案件忘了，可有一天，我无意中发现，孙大队长竟然派人一直盯着李四。那一刻，我好像突然明白了，原来孙大队长是想挖出更大的毒贩来。孙大队长的不动声色和深谋远虑让我打心眼里佩服起来。

几个月后，我的实习期结束了，既没有听说查到李四背后有什么更大的贩毒分子，孙大队长也没有要抓捕李四的意思。我带着深深的遗憾离开了缉毒大队，实习几个月，我居然没有参与破过一个案子。

毕业后，我没有当警察，而是成了一名记者。工作很繁忙也很辛苦，渐渐地就把李四的案件忘到九霄云外去了。三年后的一天，报社领导突然让我去采访缉毒大队，说他们破获了一起特大贩毒案件，所有犯罪嫌疑人被一网打尽。报社领导还笑着说，这个缉毒大队，几年都没有大动静了，这次又来个名利双收。于是我又想起李四的案子来，心里暗暗替孙大队长高兴，他终于通过李四挖到了更大的贩毒分子。

然而，当我面对面采访时才知道，这次抓获的最大贩毒分子居然是张三，他在进行冰毒交易时被当场抓获。我问张三，你怎么会想起来贩毒呢?张三说，我看李四贩毒没人问，哪知道……

李四也被抓获了。当他听说张三曾经举报过他时，恨恨地骂道，他妈的张三，当时为什么不钉着警察把我抓起来呢?

张三、李四的命看来是保不住了，可这怨谁呢?

看大门的小方

小方经人介绍给某局看大门。小方人很老实，也很勤快，每天把院子里打扫得干干净净，局长一开门，又忙着给局长拖地、冲水。局长很赏识小方，多次表扬了小方，有两次甚至很亲热地拍了拍小方的肩膀，让小方好生激动。

一天晚上，小方独自一人在门卫室看电视，局长来了。小方连忙给局长开门，说："局长，这么晚了你怎么还到单位来?""有两个文件我得看一下。"局长说着，丢下小方就上楼去了。小方冲着局长的背影说了一句："局长你辛苦。"说完，又锁上大门，看他的电视去了。

没多久，一个年轻女人来到大门前。那女人让小方开门，小方并不开，反问那女人是干什么的？那女人不说，小方说那我就更不能给你开门了。那女人无奈，只好说是来找局长的。老实巴交的小方想，局长一天到晚忙个不停，找他的群众不断，这么晚了还来看文件，无论如何不能再让人打扰他了，于是就对那女人说："局长这会儿正忙，没时间接待人，你要有什么事，明天再来吧。"那女人很生气地说："是你们局长叫我来的，你到底开不开门?""我们局长叫你来的？他怎么没说?"小方看了那女人一眼说，"你等会儿，我打个电话问问局长。"那女人气得脸都红了，说："不用你打了，我自己打。"说完，那女人就掏出手机，一边打电话，一边往外走。

那女人走出几十米远的时候，局长匆匆从楼上跑下来，冲小方喊了句："混账，赶紧开门。"小方门一打开，局长就冲了出去。小方看到局长拉住那女人说着什么，但那女一甩手，挣脱了局长，走了。

不一会儿，局长回来了，狠狠地瞪了小方一眼，说："你今天得罪了

一个重要客人你知不知道？你知道你这样做的后果有多严重吗？像你这样怎么能当好门卫？明天你到财务室结一下账，就不要来上班了。”小方愣愣地站在那里，一动也没敢动，直到看着局长上楼了，才想起来跟在局长身后说：“局长，对不起，我不知道……”局长打断他的话说：“你什么都不要说了，明天去财务室结账吧。”

局长上楼后，小方一个人呆呆地坐在门卫室生闷气。这时，又来一个女人，也说是找局长的。看来又是一个得罪不起的重要客人，有了经验的小方这样认为。但小方想，你再重要又怎么样，反正我明天就不干了，今天就是不让你进去。于是，无论那女人怎么说，小方就是不让那女人进去。那女人：“平时来找你们局长的女人你都不让进?”小方头一拧说：“不让进，一个都不让进。”那女人：“那好，我就在这里等着。”那女人说完，真的就在大门外等着。

不一会儿，局长下来了。局长一出来，那女人就迎上去说：“老公，你真好。”说完又冲小方说：“小伙子，好好干，我不会亏待你的。”

第二天，局长一见小方就说：“小方啊，你昨天晚上表现不错，还留在单位好好干吧。另外，你过一会儿到财务室去领一下奖金。”小方听了又是一愣一愣的，他挠了挠头问：“那以后什么样的客人让进，什么样的客人不让进呢?”局长说：“那你自己悟吧。”

寻找柳随风

那天，我到F市出差，办完正事，我决定去拜访一下柳随风。柳随风是小小说界一位颇有影响的作家，他的作品很多，《尾巴》一文更是被几十家报刊转载，在小小说界产生了极大的影响。我就是在他的影响下才走上写作这条路的。我没记过他的真名，我想这没什么关系，柳随风的名字在当地应该是家喻户晓的。

我找到柳随风住的小区，拨打他的电话，关机。我稍稍愣了一下，有些后悔没与他提前联系，因为我不知道他住哪幢楼。不过我很快释然了，我相信，随便找一个人就可打听出柳随风的住处。这时，迎面走过来一个老太太，我迎上去，问："老大娘，请问柳随风住在哪里？"老大娘愣愣地看着我，问："柳随风？这儿没有姓柳的。"我说："老大娘，你再想想，柳随风是写小小说的，在全国很有影响的。"老大娘摇了摇头说："没有，我们这儿没有这个人。"

我想，老大娘年龄太大了，也许并不看书，不认识柳随风是可以理解的，还是找其他人问一下吧。

恰好，不远处有一个中年男子，戴着眼镜，一看就是有学问的人。我想，他一定喜欢看书，于是微笑着走过去说："同志，请问你知道柳随风住哪儿吗？"中年奇怪地看我一眼，说："柳随风？我们这儿好像没有叫柳随风的。"我有些失望，说："他是全国著名的小小说作家，柳随风是他的笔名，他写的《尾巴》非常有名的。"中年人摇摇头说："没听说过。"

也许中年人平时并不看小小说，所以不太清楚。我决定向年轻人打听，很多年轻人都喜欢追星，柳随风的年轻粉丝一定也像随风飘飞的柳

絮一样，遍地都是。

这样想时，我就看到一个年轻女孩子。我更高兴了，现在的年轻女孩子极少有不崇拜明星的，她一定知道柳随风。于是我笑眯眯地走上前，问："请问你知道柳随风住哪儿吗？"女孩子奇怪地看了我一眼，问："你找谁？"我说："我找柳随风，他是全国著名的小小说作家。"说着，我列举了柳随风很多有影响的小小说作品。女孩摇摇头，说："没听说过。"

我真是失望透顶，实在想不明白，这么一个在全国很著名的小小说作家，在他住的小区怎么就没有人知道他呢？我该向谁打听他呢？

我正懊丧着，看到前面不远处有一群人在聊天。我抱着试试看的态度走过去，问："请问，你们知道柳随风住哪儿吗？"大家都摇摇头说没听说过这个人。我又介绍了一下柳随风写的作品，大家仍然摇头。

我叹了一口气，也许我注定与柳随风无缘，不能当面向他请教。失望像暮色一样笼罩着我的全身，挥之不去，我于是准备离开。这时，我突然想起，有一次在网上和柳随风聊天，他说过他在某区区政府办公室工作，好像是什么科的科长。我就向大家说出了这些信息，大家一听，都"噢"了一声，指着身边一幢楼说："你说的是徐卫东吧？他老婆是做生意的，很有钱。他就住在这幢楼 301 室。"

我敲开 301 室的门，开门的果然是柳随风。

未死证明

郑老汉年轻时当工人，因为工厂不景气，时常拿不上工资，日子过得很不舒心。后来厂子倒闭了，彻底拿不上工资，生活更艰苦了。没想到，60岁之后，每个月却能按时从社保局拿工资了，虽说不多，可是没拖欠过，比当工人时还强。郑老汉就非常开心。当然他也感谢儿子，如果不是儿子每个月给他缴纳养老保险金，哪会有这个结果呢？

又到了发工资的日子，可郑老汉的工资却没有打到卡上。开始郑老汉还没放在心上，以为过一两天就该到了，可过了几天还是没到，郑老汉有些急了，就跑到社保局去问。接待郑老汉的是个年轻人，打开电脑看了看，说郑老汉的账户取消了，可能是局里认为他已经死了。郑老汉说："那你们赶紧给我恢复账户呀，我还等钱用呢。"年轻人说："那你得先去开个证明来。"

郑老汉觉得很奇怪："明明你们的失误造成的这种后果，为什么要我去开证明？"年轻人瞪了郑老汉一眼，抓起电话打了一通，然后对郑老汉说："你刚才也听到了，我向局里请示过了，领导说了，说局里发现，有些人已经死了很长时间了，可家里人就是不向我们报告，每个月照领工资。对你提出的问题，领导要求一定要慎重，必须出具一份未死证明，不出具未死证明就不能恢复账户。"

未死证明？郑老汉更加奇怪了，问："我人都来了，难道不能证明我还活着？

年轻人有些不耐烦地说："你人站在这里有什么用？我们要的证明。再说了，你人虽然站在我跟前，可我知道你是谁呀？"

郑老汉身上恰好带着户口本，就把户口本拿出来给年轻人，心想这回该没问题了。可那年轻根本不看，直接把户口本扔给了郑老汉，顺便扔过

来一个白眼说："这户口本上又没照片，谁能证明上面的人就是你呢？"

郑老汉陪着笑脸，掏出自己的身份证递了上去，说："这回总行了吧？"

年轻人扫了一下身份证，又扫了一眼郑老汉，说："这上面的照片都好多年了，相貌差不多的人多着呢，我怎么能确定是不是你？你还是回去叫单位给你开个未死证明吧。"

"可我们工厂早就倒闭了，我上哪儿去开那个证明呢？"老汉带着哭腔说。

"那是你的事。"年轻人斩钉截铁地说，听那语气，丝毫没有商量的余地。

郑老汉没办法，思来想去，他只有去找社区居委会。到了社区，说明了情况，社区的同志说："这不行，社区居委会没有这项职责，不能出具这样的证明。再说了，万一出点什么事，我们也承担不起呀。"郑老汉好说歹说，社区的同志还是不同意，只是说："这户口本和身份证都是由派出所来办，他们要是证明你还活着，那社保局的人还能不给你办？"

郑老汉一想也有道理，就找到派出所。派出所的同志听完郑老汉的话，很坚决地把头一摇说："不行。"

"为什么呀？"郑老汉急得快哭了。

"没这先例。"派出所的同志说"你要是长期失踪了，我们可以宣布你死亡，给你注销户口。至于未死证明吗，你还是想想其他办法吧。"

郑老汉垂头丧气地往回走。路上，遇到一个熟人，熟人说他去医院开了个证明，想办病退。郑老汉心里一动，心想，怎么没想到去医院呢？医院能给人开证明办病退，那给开个未死证明应该也是可以的吧？咱的心脏跳着，肺呼吸着，大脑清醒，是个大活人，医院开这样一张证明，准行。

回到家，郑老汉找到一个邻居，知道他医院里有熟人，请他帮帮忙。邻居说估计问题不大，不就是证明人活着吗，这有什么难的？于是让郑老汉准备点礼。两天后，邻居回话，让郑老汉亲自去医院一趟。

郑老汉兴冲冲地跑到医院，医生很和气地说：医院只开两种证明，一是出生证明，二是死亡证明，从没开过未死证明……

医生的话还没说完，只见郑老汉双手紧紧捂着胸口，接着"扑通"一下摔倒地上。

临死前，郑老汉用尽力气，断断续续地说了一句话："这下我……不用开证明了……"

狼烟

语文课上，一个学生指着“狼烟四起”一词问老师：“什么是狼烟?”老师告诉学生，狼烟就是烽火。古代烽火台上发现敌情后，燃烧狼粪报警。之所以选择狼粪作燃料，是因为狼粪燃烧的烟既浓且直。《酉阳杂俎》说：“狼粪烟直上，烽火用之”。可学生不是很相信，过去那么多烽火台，真有那么多狼粪吗？狼粪燃烧的烟真的很浓很直吗？

学生的疑问也激起了老师的兴趣，提议说不如在兴趣课上专门做一次狼烟实验。同学们纷纷叫好，有一个学生主动承担起搜集狼粪的任务，因为他爸爸就是动物园的管理员。

一切准备就绪，狼粪也点燃了。几十双眼睛直直地盯着燃烧的狼粪，等待看那狼烟到底有多浓。可是他们失望了，狼烟远远不像他们想象的那样，而是呈现淡棕色。怎么会这样？所有的同学都愣了，老师也愣了。难道是狼粪的量不够？于是又增加了一些狼粪，结果还是一样。老师沉思了一下说，忽然想起，潮湿的燃料会比干燥的燃料烟浓的多，于是让学生用水把狼粪弄潮湿。烟虽然稍稍浓了点，但与学生们的想象比还是相差很远。有学生十分武断地说，这不可能是古代的狼烟。老师也很疑惑，于是让大家再查看资料，以便把这个问题搞清楚。

大家很快就查到不少资料，按照资料上的说法，狼烟确实就是烽火，但它的燃料却并非狼粪。资料上说，烽火的燃料就是柴薪，像荒漠上生长的胡杨、红柳、罗布麻、芨芨草、白茨、骆驼草、甘草、旱芦苇、梭梭等，都可以作燃料。烽火点燃时，以干柴引火，续以湿柴，浓烟就会滚滚而起。至于烽火为什么被称作“狼烟”？有学者指出，狼是古代匈奴、突厥、吐蕃等少数民族的图腾，其军队被称作“狼兵”，所以中原报警的烽火被称作“狼烟”。

可狼烟到底有多浓呢？有同学又向老师提出这个问题。老师也不知道，只好说再试试看。接下来一段时间，同学们尽可能按照资料上说法准备了很多些柴薪。于是再作实验，先燃干柴，再续湿柴，一切都严格按照资料上的说法，可散发的浓烟还是远不如同学们的想象。有的同学干脆把一些狼粪也添加到柴薪中，可那浓烟并没有什么明显变化。

“看来古代的烽火就是这样的了。”老师这样说时，发现同学们纷纷摇头。老师问：“怎么，你们还有什么疑问吗？”同学们说：“这怎么可能就是狼烟呢？你到街上随便找个工厂看看，与它们冒的烟相比，这狼烟能还能算得上是烟吗？”

老婆喜欢租男友

一天，林和平和几个朋友喝闲酒。回家的路上，林和平的好友郭金强对林和平说："兄弟，有几句话我早想对你说了，怕你生气，一直没敢和你说。"

林和平忙说："大哥，咱们是什么关系，你有什么话不能对我说？尽管说！"

"兄弟，对弟妹可得看紧点。"郭金强说。

林和平一把抓住郭金强的手问："大哥，你这话是什么意思，可得把话说清楚了。"

"什么意思，我是怕你戴了绿帽子还不知道。告诉你，前不久，我看见弟妹和一个小白脸一起逛商店，两人亲热得很，看那架势，就像是夫妻俩。"郭金强说。

林和平说："这不可能。我妻子虽然新潮了点，可人绝对正派，绝对不会是那种人。大哥，你看错人了吧。"

郭金强一拍林和平的肩膀说："兄弟，这话就当我没说。不过，哪天要是有机会再碰上他们一块逛街，我一定用手机把他们拍下来。"

林和平虽然相信妻子不会做那种事，但仍不十分放心。回去之后，就对妻子进行旁敲侧击，又连续几天对妻子进行了认真观察，但妻子并没有什么异常反应。他甚至偷偷翻看妻子的衣服、手提包，也没发现任何蛛丝马迹。林和平想，一定是郭金强搞错了。

可是没过几天，郭金强给林和平打电话说，说他手上有林和平妻子出轨的证据。林和平心里一惊，急忙赶到郭金强那里。郭金强打开手机，调出一个画面，是一个商店里买衣服的画面，一个女人正在给一个男人

试衣服。那男的林和平不认识，女的正是他妻子。林和平强压怒火问郭金强："这就是你上次说的那个小白脸？"

"不是上次那个，"郭金强说，"看来弟妹头绪还不少，你可真得看紧点。"

林和平心里这个气呀，妻子平时对他那么好，原来都是假的，枉费了自己一片心。回到家里，林和平装着什么都没发生，想看看妻子到底是什么表现。他发现，妻子还像平时一样，似乎自己根本就没有做什么出轨的事一样。林和平没想到妻子会伪装得这么好，如果不是郭金强发现的话，自己还不知被骗到什么时候。

林和平有时真想问问妻子，到底要瞒自己到什么时候。但他没有问。妻子还像平时一样，经常给他买些东西回来，然后对他说，看看你喜不喜欢，不喜欢我再给你换。越是这样，林和平就越觉得妻子做作，林和平心里就更难受。林和平终于决定，既然妻子对不起自己，那么自己又何必对妻子一往情深。于是林和平就主动给他的一个高中同学罗晓薇打电话，约她见面。

罗晓薇从上高中时起就一直追求林和平，但林和平对她一直没有那种特别的感觉，所以一直没有接受，只把她当作一个普通朋友。但罗晓薇一直不死心，三天两头来找林和平，直到现在，还时常给林和平打电话，约林和平见面。但林和平一直深爱着自己的妻子，所以对罗晓薇逐渐冷淡起来，后来干脆就不理她了。现在，林和平一打电话，罗晓薇非常高兴，立刻投入了林和平的怀抱。

有了罗晓薇，林和平心里觉得平衡了一些，也好受了一些。但从内心深处来说，林和平觉得，和罗晓薇在一起，并没有给他带来太多幸福的感觉，他发现，虽然妻子对不起他，但他依然深深爱着他的妻子。林和平想，如果哪一天，妻子醒悟了，向自己忏悔她的过错，那么他就立刻和罗晓薇一刀两断。

但林和平没等到这一天，他和罗晓薇的事很快让他妻子知道了，妻子把一张离婚协议书放在了他的面前。

林和平是个不愿意在妻子面前低头的人，虽然他心里一百个不情愿，却还是在上面签了字。两人很快到民政局办了离婚手续。从民政局出来，

林和平忍不住问刚和他离婚的妻子："明明是你先对不起我的，为什么一发现我和罗晓薇的关系就闹着和我离婚?"

"我先对不起你？我什么时候对不起你了？你说明白。"妻子说。

林和平心里说一句，真虚伪，于是就把郭金强看到的一切都说了出来。妻子一听，说道

"原来是这么回事，那你为什么不问问我?"

"问了又有什么用？你会告诉我实话吗?"林和平说。

"你听说男友出租公司吗?"妻子问。

"男友出租公司？干什么的?"林和平问。

"现在的男人都不愿意陪老婆或女友逛街，于是就有人成立了男友出租公司，专门出租男人，陪女人逛街。郭金强见到的就是我从男友出租公司租的男人，专门陪我逛街的。"妻子说。

渴望艳遇的男人

男人有一个算得上漂亮的老婆。男人爱自己的老婆，像爱自己的儿子一样爱着自己的老婆。但这并不妨碍男人对其他女人有想法。一见到漂亮的女人，男人就忍不住多看几眼，看着看着男人就有了那方面的想法，就耳热心跳起来。男人想，要是这个女人愿意主动献身给自己多好。男人知道这不可能，但男人仍然常常这样想。男人常常会有更加不切实际的想法。男人希望这世上所有他看得上的女人都愿意无条件地献身于他，而且绝不给自己找任何麻烦。总之，男人是渴望有艳遇的。

男人甚至有十分具体的目标。比如，男人有一个邻居，既年轻又漂亮。男人就希望与她发生点什么。但那女人很矜持，每次见到男人只是点点头而已，两人之间没有更多的交往。男人想，这女人如果和自己一个单位，天天在一起，也许就能发生点什么了。但那女人和自己不是一个单位，男人觉得没什么借口和女人搭讪，每次见到女人他只是礼貌地点点头。

想到单位，男人就想到另一个女人，和男人一个单位，人算不上漂亮，但很性感。从男人的眼光看，这样的女人是时时需要男人爱抚的。事实上那女人也的确有点风骚，单位也有一些关于她的流言蜚语。男人想，只要自己花点功夫，应该很容易就能把女人搞到手。男人设想了很多种方法，男人相信，任何一种方法都可以把女人搞到手。但男人只是这样想，没有任何实质的动作。男人一直期待女人主动来找他。

这样的机会其实也有。男人有一个网友，女的，网名叫只爱一会儿。在网上，男人和只爱一会儿是夫妻关系，两人还生了一个孩子。男人每天和只爱一会儿过夫妻生活。

这样的日子持续了很长一段时间，只爱一会儿终于提出要和男人见面了。男人知道自己一直盼望的艳遇来了，这是男人盼望已久的时刻，但只爱一会儿真的提出来了，男人又有些犹豫了。男人犹豫了一会儿，还是决定去和只爱一会儿见面了。男人想，自己的住址、姓名、单位全是假的，又有什么好怕的呢？男人又想，只爱一会儿想见自己，也许和自己的想法一样，只是渴望一次艳遇而已。

男人终于和只爱一会儿见面了。见面以后依然谈得很投缘。只爱一会儿说她开好了一个房间，要男人去她的房间。男人激动得一把抓住她的手，因为周围有人，他才强忍着没有把他的唇印在女人的唇上。

到了宾馆，只爱一会儿说要先洗个澡。男人把房间仔细检查了一下，然后，半躺在床上。男人能够听到只爱一会儿洗澡水哗哗地响。男人不断地看着时间，男人知道离自己的第一次艳遇越来越近了。不知为什么，男人突然害怕起来。这次艳遇果真只是一次没有任何后果的艳遇？自己会不会因此付出惨重的代价？就算女人不会对自己有任何要求，自己还能像以前一样面对妻子和儿子吗？妻子万一知道了会怎么样？男人越想越怕，于是逃离了房间。

男人从此抛弃了自己以前的网名。见到漂亮的女人，男人还会想入非非，但男人仍只是想想而已。

嫁不出去的好姑娘

李晓芬很纳闷，自己长得漂亮不说，各方面条件也都不错，可却总是嫁不出去。纳闷归纳闷，终身大事还是要解决的，李晓芬没什么好办法，只好在报纸上刊登了一则征婚启事。

征婚启事刚登出，应征信就雪片似的飞过来。李晓芬就挑了一个叫刘强的交往起来。两人都很满意对方，感情迅速升温，很快就到了谈婚论嫁的地步。可这时，刘强突然不理李晓芬了。李晓芬打电话，他不接；发短信，他不回；去找他，他躲着不见。李晓芬思来想去，也不知道哪儿做错了。

有一天，李晓芬在路上遇到刘强，拦住他问："为什么？你总得告诉我为什么？"

刘强不看她，低着头看地面，说："你应该知道，我是一个比较传统的人，我不可能接受你的。"

"你说明白点，为什么不可能接受我？"李晓芬盯着刘强问。

"不要逼着我说为什么，"刘强慌慌张张地瞥了李晓芬一眼，又把眼睛盯着地面说，"我们都彼此给对方留点尊严好不好？"

"不，你一定要说清楚，"李晓芬直直地盯着高强，倔强地说，"我不想就这样被人不明不白地甩了。"

刘强终于抬起眼睛看看李晓芬说："因为你以前没有告诉我，你是你们公司老总的秘书。"

"我是秘书，怎么啦？"李晓芬问。

"我不可能娶别人的小蜜当老婆的。"刘强把这话砸在地上。

"你听清楚了，我是老总的秘书，但绝不是老总的小蜜，我是清白的。"李晓芬说。

“别再骗我了，好不好？你这话没有一个人会相信的。”刘强吐出这句话，头也不回地走了。

李晓芬又挑选了一个叫马亮的交往起来，两人很快也到了谈婚论嫁的地步。可有一天，马亮却说：“我们分手吧。”

李晓芬问：“为什么？莫非你知道我给老总当秘书了？”

“是，我知道了。我可以容忍未来的妻子曾经有过别人的男人，可是，如果所有的人都知道这一点，我想没有哪个男人能容忍这一点。”马亮说。

“我向你保证，我只是老总的秘书，绝不是他的小蜜，我是清白的。”李晓芬说。

“别把我当傻子好不好，傻子也不会相信你说的话的。”马亮说。

“我发誓，我真的不是老总的小蜜。”李晓芬说。

“那也只能说明你当秘书的时间还短，时间长了肯定会成为他的小蜜。”马亮扔下这话，头也不回地走了。

李晓芬又约见了赵程，一见面，李晓芬就说：“我在一家公司给当秘书，如果你觉得不适合，现在就可以离开。”

赵程愣了一下，抓住李晓芬的手说：“走，我请你去喝茶。”

李晓芬心中一热，默默地跟着赵程到了茶房。服务员刚离开，赵程的双手就开始往李晓芬身上摸。李晓芬推开他说：“请你放尊重点。”

“哟，你一个当小蜜的，还谈什么尊重。是不是要钱呀？老子有的是钱。”赵程说着，把一叠钱拍在她面前，手又向她身上摸去。

李晓芬腾地站起来，狠狠地掴了他一巴掌，摔门而去。

之后不久，李晓芬和她公司的一个叫周仁的小职员交往起来，很快就要到谈婚论嫁的地步了。有一天，李晓芬问：“你明知道我是老总的秘书，为什么还敢和我在一起，你不怕我是老总的小蜜？”

“我相信你不是。”周仁说。

李晓芬双手捂住脸，泪水从她的指缝间欢快地滑落。她一边幸福地抽泣着，一边喃喃地说道：“终于有人相信我是清白的了。”

“可光我相信没有用，其他人都认为你是。”周仁说。

“那怎么办呢？”李晓芬问。

“不论你是不是老总的小蜜，大家都认为你是，既然这样，你干脆就做他的小蜜算了，”周仁说，“这样你就可以让他给我弄个经理当当。”

绝 交

赵文朋和徐卫东是莫逆之交，这一点，在当地的文学圈里几乎是无人不知无人不晓的。

赵文朋和徐卫东的交情是从徐卫东刚学写作时开始的。那时，赵文朋已经是当地小有名气的作者了。有一天，徐卫东带着自己的两篇习作找上门，请赵文朋指教。徐卫东满脸虔诚，一口一个赵老师，叫得赵文朋就像临睡前烫了个热水澡，浑身上下都舒服。赵文朋很仔细地看完了徐卫东那两篇习作，认真做了修改，并且告诉徐卫东修改的理由。最后，赵文朋还向徐卫东传授了自己多年的创作经验。

从那以后，徐卫东就经常来找赵文朋，向他请教一些问题，赵文朋总是尽量给予答复。徐卫东的名字也渐渐出现在本地的一些报纸上，赵文朋看了很高兴，总是在第一时间通知徐卫东。

后来，徐卫东的文章越来越好，不仅本地报纸上时常刊登他的文章，省内外许多报刊上都时常能见到徐卫东的名字。开始，赵文朋还很欣慰，偶尔还向徐卫东通知一下。但渐渐地，赵文朋的心里泛起了一股酸意，尤其是一些赵文朋一直没能攻克的报纸也陆续刊登徐卫东的作品时，赵文朋不由得嫉妒起徐卫东来。再看到徐卫东的文章，也不再读了，更不通知徐卫东了。

徐卫东有时还去找赵文朋，一见面，还是张口一个赵老师，闭口一个赵老师。遇到自己的文友，徐卫东总会介绍道，这是我文学上的启蒙老师，著名作家赵文朋。这让赵文朋很受用。听别人谈起徐卫东时，赵文朋常常得意地说，他是我的学生。

业余时间，赵文朋依然不停地写作，时有文章见诸各种报刊，也依然是当地名气不大不小的一个作者。但徐卫东却不再是昔日那个毛头小伙徐卫东了，他的名字早已让众多文学青年举目仰视了。

有一次，当地文联举办一次活动，中午吃饭时，赵文朋和徐卫东坐在同一张桌上。大家互相介绍后，几个人都把徐卫东往主宾座上让。徐卫东连连摆手，说不行不行，这个座位得赵老师坐。大家不知是没有听到徐卫东的话，还是装作没听到，依然把徐卫东往主宾座上拉，徐卫东无奈坐在了那个最尊贵的座位上。那顿饭，徐卫东虽然依然一口一个赵老师地叫着，但赵文朋却吃得寡然无味。

类似的情况以后又遇到两次。再遇到饭场，赵文朋就再也不和徐卫东坐在同一张桌上了。后来，干脆凡是有徐卫东参加的活动，赵文朋一律不再参加了。有两次，徐卫东想和赵文朋交流一下，赵文朋都推说没空，回绝了。

有一次，赵文朋到外地参加一个活动，一个作者问赵文朋，你们那儿有一个叫徐卫东的，你认识吗？赵文朋说，没听说过。

一个时常与赵文朋在电话中交流的作者说，我记得你曾经说过徐卫东是你的学生？

你记错了，我不认识他。赵文朋斩钉截铁地说。

电视效果

镇党委李书记接到县委办公室通知，市里一位领导要到他们乡镇慰问一户特困群众，让镇里做好准备。放下电话，李书记立即安排党政办公室主任做好准备工作，怕办公室主任有疏漏，他特意强调道："注意把握两个原则，一是交通要方便，慰问对象要在路边，好方便领导慰问；二是慰问对象要会讲话，必要时你先教他们说什么，不该说的话不能乱说。"办公室主任说："那就还选老冯头吧，过去领导慰问经常去他家，他有经验。"李书记说："行，再准备两户备选。"

党政办把一切都准备好了，李书记不放心，又亲自查看了一遍，觉得万无一失了，才松了口气。这时，县委办公室张主任陪着市委办公室一位同志来到了镇里，说要提前看一下准备情况。李书记刚要汇报准备情况，张主任摆摆手说："直接带我们去看看慰问对象吧。"李书记就带着他们去老冯头家。老冯头家显然才收拾过，干干净净的，只是家中没有一样像样的东西，一看就知道是一户不折不扣的特困户。老冯头又高又瘦的，听说上面来人了，慌忙迎出来，说着感激的话语。张主任看了看老冯头，皱了皱眉头，转身出去了。

离开老冯头家，张主任对李书记说："再看看其他人吧。这一户不行，影响电视效果。"李书记心中一紧，同时暗处庆幸又备选了两户。可是另两户看完，张主任眉头皱得更紧了。李书记忙凑上去，陪着小心问道："要不再看两户？"张主任看了一下市委办公室的同志一眼，点了点头。

这时一个小矮个从旁边路过，张主任眼前一亮，说："就到他家慰问吧。"李书记忙说："好。"停了一下又说："可他家是全村有名的富裕户。”张主任说：“那就让他到老冯头家替老冯头接受慰问。”

李书记心里犯嘀咕，可又不敢问，只好按照要求办理。

第二天，市领导来了，是个矮个，比正常人矮了一头。

晚上电视新闻播出来了，领导个子虽矮，可慰问对象个头更矮，衬托得领导的形象高大起来。那效果真是好极了。

失 算

机缘巧合，我陪一位外国客人从B县经F市到J县去。我们沿着一条国道前进。外国客人很健谈，一路上说个不停。汽车绕过F市区，直奔J县而去。路面毁坏严重，司机把车速降了下来，但仍然有些颠簸，我觉得很不好意思。但外国客人的情绪并没有受太大影响，依然谈兴不减。他仔细观察了一下路面，说："请问，我们刚才经过的F市是不是一个建材销售基地?"

我问他听谁说的？他说猜的。我不由一愣。F市的确是个建材销售基地，但这位外国客人却是第一次来我们这儿，而我们又没有从F市城内经过，一路上也没有看到建材市场，他是怎么知道呢？我问是怎么知道的，他没有回答，反问我他猜的对不对。得到我肯定的回答，他开心地笑了。

然后他又说："那么我就可以肯定，前面的J县近来城市建设力度应该非常大。"这次我没有回答，因为对J县的情况我也不了解。很快到了J县，果然，那里到处都在搞建设，一片热火朝天的景象。

我不由得对他崇敬起来，再次虔诚问他是怎么知道的？他笑了笑，说："其实很简单。我们一路上走的是同一条国道，但只是F市和J县之间这一段毁坏特别严重。这说明一个问题，这一段路超载车辆很多。据我了解，在中国，运输建材的车辆都喜欢超载，所以我怀疑F市是个建材基地。"

"那你为什么不猜J县是个建材基地，而且你又怎么知道J县在大搞建设呢?"我问。

他又笑了笑，说："如果你注意观察，你就会发现，那条路左右两边

毁坏程度是不一样的。从F市到J去的路毁坏严重，而返回的路相对较轻。这说明，那些运输建材的车辆是从F市向J县去，而返回时放了空车。由此，我可以断定，J县近来在大搞建设。”

果然是高人，我更加佩服。

有一天，我和公路局的一个熟人说起那位外国客人，熟人说：“他说的确实有一定道理，不过有一点他算错了。当然也不能怪他，他用国外的经验来推算中国的事情，不算错才怪呢。”我忙问外国客人哪里错了？熟人说：“从F市到J县那段路毁坏严重的原因他说的不对，主要原因是，那条道路建设时是分段实施的，而负责那一段的人后来被‘双规’了。”